Melhores Contos

MÁRIO DE ANDRADE

Direção de Edla van Steen

Melhores Contos

MÁRIO DE ANDRADE

Seleção de
Telê Ancona Lopez

Estabelecimento do texto de
Aline Marques Nicolau

São Paulo
2017

global
editora

8ª Edição, Global Editora, São Paulo, 2017

Jefferson L. Alves – diretor editorial
Gustavo Henrique Tuna – editor assistente
Flávio Samuel – gerente de produção
Flavia Baggio – coordenadora editorial
Fernanda Bincoletto – assistente editorial e revisão
Jefferson Campos – assistente de produção
Eduardo Okuno – capa e projeto gráfico
Novikov Alex/Shutterstock – foto de capa

Obra atualizada conforme o
NOVO ACORDO ORTOGRÁFICO DA LÍNGUA PORTUGUESA

CIP-BRASIL. CATALOGAÇÃO NA FONTE
SINDICATO NACIONAL DOS EDITORES DE LIVROS, RJ

A568m
8.ed.

Andrade, Mário de, 1893-1945
Melhores contos Mário de Andrade/Mário de Andrade ; seleção Telê Ancona Lopez. Estabelecimento do texto: Aline Marques Nicolau. Direção: Edla van Steen. - 8. ed. - São Paulo : Global, 2017.

ISBN: 978-85-260-2302-4

1. Conto brasileiro. I. Lopez, Telê Ancona. II. Título.

17-40426 CDD:869.3
CDU:821.134.3(81)-3

global editora

global editora e distribuidora ltda.
Rua Pirapitingui, 111 – Liberdade
CEP 01508-020 – São Paulo – SP
Tel.: (11) 3277-7999 – Fax: (11) 3277-8141
e-mail: global@globaleditora.com.br
www.globaleditora.com.br

Nº de Catálogo: **1705.POC**

Telê Ancona Lopez é Professora Emérita do Instituto de Estudos Brasileiros (IEB) da Universidade de São Paulo (USP). Estuda especialmente o Modernismo brasileiro, as vanguardas europeias, os gêneros de fronteira, a crítica textual e a crítica genética, tendo publicado livros e artigos nessas áreas. Foi curadora do Arquivo Mário de Andrade no IEB-USP. Entre os anos 2006 e 2010, coordenou o projeto temático FAPESP que estudou o processo de criação e organizou os manuscritos do escritor. Entre 2007 e 2015, responsabilizou-se pelas edições fidedignas, acrescidas de documentos das obras de Mário de Andrade incluídas no protocolo IEB-USP e Editora Nova Fronteira/Agir. Tem ministrado disciplinas e orientado projetos nos programas de pós-graduação do IEB-USP e da área de Literatura Brasileira da FFLCH-USP.

SUMÁRIO

QUE CONTOS SÃO ESTES QUE EU VOS TRAGO AQUI...

Para Marcelo e Iúri

O que multiplica a presença dos contos de Mário de Andrade em antologias e panoramas no Brasil e no exterior é, por certo, a forte pulsação de humanidade que deles se destaca, excedendo diretivas estéticas, datas e ideários. Exigentíssimo na elaboração ficcional, sempre insatisfeito com as versões de seus textos, Mário, ao morrer em 1945, deixa estes títulos no gênero no qual se movimenta com autonomia – *Primeiro andar* (publicado em 1926), *Belazarte* (impresso em 1934 e 1944), *Os contos de Belazarte* (originais entregues ao editor em 1944; livro em 1947), e *Contos novos*, quase pronto para o prelo, já anunciado nas suas Obras Completas pela Livraria Martins Editora (tiragem também em 1947).[1] A liberdade no modo de formar o levara a apelidar "história" e "caso" o conto vazado no relato oral e a incluir, em 1943, na sua seleta de crônicas *Os filhos da Candinha*, "Tempos de dantes", "O Diabo", "Romances de aventura" e "Foi sonho" que concretizam, simultaneamente, o conto.

É ele mesmo, Mário, que, em 23 de novembro, 1926, declara ao seu correspondente Carlos Drummond de Andrade: "hoje, todos os gêneros se baralham, isso até Croce já decretou e está certo. Romances que são estudos científicos, poemas que são apenas lirismo, contos que são poemas, histórias que são filosofias etc. etc.".[2] E quem, escrevendo ao jovem romancista

1 O plano das Obras Completas de Mário de Andrade pela Livraria Martins Editora de São Paulo, constituído em 1943, indica, na *Pequena história da música*, em junho de 1944, *Contos novos* como o volume 27, conforme Aline Nogueira Marques, no estudo que apresenta a edição fidedigna da obra por ela preparada para a editora carioca Nova Fronteira, em 2011.

2 Na data, Mário de Andrade já redigia contos que entrariam em um novo livro, intitulado, na carta, *Histórias de Belazarte*, mas que sairá como *Belazarte* em 1934, impresso nas oficinas da Editora Piratininga, em São Paulo (V. ANDRADE, Carlos Drummond de; ANDRADE, Mário de. *Carlos & Mário*: Correspondência de Carlos Drummond de Andrade e Mário de Andrade. Organização: Lélia Coelho Frota. Apresentação e notas às cartas de Mário de Andrade: Carlos Drummond de Andrade; apresentação e notas às cartas de

Fernando Sabino, em 1942, nos ensina a dança dos ombros: "Não se amole de dizerem que os seus contos não são 'contos', são crônicas etc. Isso tudo é latrinário, não tem a menor importância em arte. Discutir 'gêneros literários' é tema de retoriquice besta. Todos os gêneros sempre e fatalmente se entrosam, não há limites entre eles. O que importa é a validade do assunto na sua própria forma."[3]

Histórias, contos, casos e narradores

Primeiro andar, edição paga com as economias do autor na gráfica de Antonio Tisi no ano de 1926, não apenas externa os passos do ficcionista em contos e esquetes produzidos entre 1914 e 1922, mas, moderno, quebra fronteiras ao recorrer ao artifício de introduzir, no fim do livro, como transmissão de um testemunho oral, "A primeira história de Belazarte" que é "O besouro e a Rosa". Esse recurso encontrará semelhança, em 1928, no narrador/rapsodo que ponteia na violinha e canta, "na fala impura as frases e os casos de Macunaíma, herói de nossa gente".[4] História oferecida a quem a reproduz sem a interromper – "Belazarte me contou:" –, garante o desembaraço desse personagem, dono e senhor de muitos personagens, no inteiro respeito à expressão de todos eles. Marcada pelo uso da língua portuguesa falada no Brasil[5] e pela mistura de italiano e português que se ouvia nas ruas e nos bairros

---

Carlos Drummond de Andrade: Silviano Santiago. Rio de Janeiro: Bem-Te-Vi Produções Literárias, 2002, p. 262).

3 ANDRADE, Mário de. *Cartas a um jovem escritor*. Ed. organizada por Fernando Sabino. Rio de Janeiro: Record, 1993. p. 83-84.

4 IDEM. "Epílogo". In: ANDRADE, Mário de. *Macunaíma, o herói sem nenhum caráter*. Ed. de texto fiel, acrescida de documentos por Telê Ancona Lopez e Tatiana Longo Figueiredo. Rio de Janeiro: Agir, 2008, p. 214.

5 É exatamente em 1924, 10 de outubro, que MA sintetiza para Manuel Bandeira este ponto de seu projeto linguístico, que se une ao seu projeto estético e ideológico do nacionalismo de viés crítico: "Se conseguir que se escreva brasileiro sem ser por isso caipira, mas sistematizando erros diários de conversação, idiotismos brasileiros e sobretudo psicologia brasileira, já cumpri o meu destino. Que me importa ser louvado em 1985? O que eu quero é viver a minha vida e ser louvado por mim nas noites antes de dormir." (V. ANDRADE, Mário de. *Correspondência Mário de Andrade & Manuel Bandeira*. Organização, introdução e notas de Marcos Antonio de Moraes. São Paulo: IEB/Edusp, 2000, p. 137).

da Pauliceia,[6] a história reafirma o importante filão temático do subúrbio iluminado por Mário de Andrade nos "intermédios" ou narrativas "O besouro e a Rosa", assim como "Caim, Caim e o resto" que, em fevereiro e julho de 1924, se achegam às dez "Crônicas de Malazarte", por ele divulgadas entre outubro de 1923 e o citado mês do ano seguinte, na bela revista carioca *América Brasileira*. Nos dois intermédios, na primeira linha, o cronista explicita-se como simples veículo ou o silencioso interlocutor ao ceder, por meio dos dois pontos regulamentares à citação, seu espaço ao narrador que se inclina sobre os desvalidos da sorte. Nestes detivera-se o trovador de *Pauliceia desvairada*, encantado pela alma das ruas, na fusão do sentimento fraterno do católico com a solidariedade e a denúncia dos descaminhos do mundo burguês, por ele conhecidas em Baudelaire, *flâneur* em Paris, em João do Rio, *flâneur* na antiga Capital Federal, e na poesia do expressionismo alemão.[7] Essas matrizes da criação do poeta na obra de 1922, reveladas por sua biblioteca, retornam no contista/cronista inventor de Belazarte em 1923, personagem que lhe faz as vezes de João do Rio aproximando-o do âmago da cidade. O humilde, o periférico, as vidas miseráveis, minguadas e medíocres, o trabalhador braçal, a mulher, a criança escorraçada, o imigrante, o pária, captados nos intermédios ou contos, em uma acepção literária renovadora,

6 Alexandre Ribeiro Marcondes Machado (1892 – São Paulo, 1933), sob o pseudônimo Juó Bananere, poeta e cronista, já em 1911, n'*O Pirralho*, escrevia apropriando-se dessa mistura linguística de português e italiano, decorrente da imigração que tanto se destacou na cidade de São Paulo.

7 Na biblioteca de MA, no IEB-USP, estão *A encantadora alma das ruas* de João do Rio (Nova edição, Rio de Janeiro/Paris; H. Garnier Livreiro Editora, 1910) e os títulos de Charles Baudelaire, *Les fleurs du mal* (Édition définitive com prefácio de T. Gauthier de 1868. Paris: Calmann-Lévy, s.d. e *Le spleen de Paris*. Payot & Cie, s.d.). Matrizes da criação de MA, apenas *Les fleurs du mal* contém marginália concernente à obra literária do escritor. O exemplar do livro de João do Rio guarda notas de leitura relativas ao trabalho de MA no âmbito do folclore. Quanto à poesia do expressionismo alemão, as estantes de MA conservam, fartamente anotada pelo especial leitor, a importante coletânea de Kurt Pintus, *Menschheits Dämmerung*: Symphonie Jüngster Dichtung. (Berlim, Ernest Rewohlt, 1920), que foi objeto do estudo minucioso de Rosangela Asche de Paula, em seu doutoramento *O expressionismo na biblioteca de Mário de Andrade:* da leitura à criação (FFLCH-USP, 2007; orientadora: Telê Ancona Lopez).

Suponho ter sido João do Rio a motivação, por assim dizer, de Sílvio Floreal (Domingos Alexandre), escritor e pedreiro, no livro de 1925, *Ronda da meia-noite*: vícios, misérias e esplendores da cidade de São Paulo (São Paulo: [gráfica] Eugenio Cupolo; V. republicado por Nelson Schapochnik, em 2002 (São Paulo: Boitempo Editorial).

mudam o foco do Mário de Andrade cronista correspondente da revista chique do Rio de Janeiro, *Illustração Brazileira*, entre novembro de 1920 e maio de 1921. Naquele momento, sua série "De São Paulo", ali estampada, cingira-se ao panorama cultural da cidade na chave da propaganda modernista.[8]

Esses dois intermédios nas dez "Crônicas de Malazarte", na *América Brasileira*, desviam-se do sofisticado conjunto regido pelo cronista – eu – que ali contracena com Malazarte e Belazarte, formando uma "tríade" animada por Graça Aranha na homenagem a quem apoiara o Modernismo paulista em 1922. Homenagem que, além de não prejudicar a independência das ideias – "jamais preito de acólitos" –, alude, no título, à peça de teatro *Malazarte*, à qual, em 1911, o autor de *Canaã* trouxera um personagem do nosso folclore, arrojo grato ao modernista empenhado na construção de uma arte brasileira. Os outros textos na vez do cronista – oito – perfazem, plenos de humor e ironia, um debate sobre os caminhos da nossa renovação estética; dão continuidade, de certo modo, ao "Prefácio interessantíssimo" de *Pauliceia desvairada* e mesclam-se a ideias em *A escrava que não era Isaura*, poética que viria à luz em 1925.

Belazarte aparece em todas as "Crônicas de Malazarte". Segundo o cronista – eu –, Malazarte e Belazarte, amigos íntimos, trazem a verdade da arte – a transfiguração do real na invenção e na fantasia. Belazarte é o cronista dos outros, a ficção. Malazarte, o cronista do tempo dele; subverte e imagina dentro da arte; cogita, teoriza, inventa. Mente![9] O contraponto os reúne: "Malazarte é irônico. Brincalhão e ilusionista. Cabotino também, por que não? Belazarte é rabugento. Tristonho e realista. Sentimental às vezes, por que não? Ambos terrestremente brasileiros. Tão diversos e tão braços-dados! Assim é. Só numa coisa eles se igualam: é na mentira."[10] Malazarte comporta-

8 ANDRADE, Mário de. *De São Paulo*: cinco crônicas, 1920-1921. Organização, introdução e notas de Telê Ancona Lopez. São Paulo: SESC/SENAC, 2004.

9 O eu lírico, em "Louvação da tarde", de 1929, ao selar essa fase do dia como o momento da criação poética, assim se expressa: "Não te prefiro ao dia em que me agito,/ Porém contigo é que imagino e escrevo/ O rodapé do meu sonhar, romance/ Em que o Joaquim Bentinho dos desejos/ Mente, mente, remente impávido essa/ Mentirada gentil do que me falta." (v. 50-55; V. ANDRADE, Mário de. "Louvação da tarde". In: "Remate de males"; in: *Poesias completas*, v. 1. Edição de texto apurado, anotada e acrescida de documentos, por Tatiana Longo Figueiredo e Telê Ancona Lopez. Rio de Janeiro: Nova Fronteira, 2013, p. 331-332).

10 ANDRADE, Mário de. Crônica de Malazarte – I. *América Brasileira*. Rio de Janeiro, outubro, 1923.

-se como um maldito, *clown*, trovador que se proclama, ao som do bandolim de esquina –, "o mais louco dos loucos! Louco entre os loucos, sou Parsifal!".[11] Atira-se na vanguarda, enquanto que Belazarte assemelha-se ao Carlitos de Chaplin, comprometido com as atribulações humanas no cotidiano. O primeiro, cigano na imaginação, ilusionista no persuadir, "conta o que não vê"; o outro, um carpinteiro da permanência, "olha em torno da taba e conta o que julga ver", áspero, sem sonhos.[12] O terceiro é aquele que concretiza o texto, o cronista, "receptáculo das confidências de ambos", experimentando distanciamentos e aproximações. "Eu", o cronista, desvela-se Mário de Andrade em retalhos autobiográficos, historiador de si e de seu grupo modernista. Frações – seja dito de passagem –, que também se intrometem nos contos.

Os dois intermédios distanciam-se, é claro, da crônica portuguesa primeva, pois ignoram a louvação de grandes feitos para se prender aos lances da vida prosaica ao elegerem o caso praticado por Belazarte, o contador de histórias que até vira personagem, no recurso de camuflar o autor. Na criação de Mário de Andrade, caso não se limita à assim chamada forma simples de narrar que, na acepção de André Jolles, transmite oralmente o acontecimento de cunho anedótico testemunhado. Os casos de Belazarte entretecem a complexidade da alma humana.[13] Penso que afiançam a dignidade estética de uma forma de narrar popular, oral, ao associá-la ao sentido principal do texto na esfera da literatura culta, como procedera o poeta de *Pauliceia desvairada* ao converter o pregão da batata-doce assada no refrão ou *Leitmotiv* de seu "Noturno", ressoando o caminhar do *flâneur* no submundo que o fascina.

Após 1924, o contista persevera na exploração da tão nova temática do dia a dia na São Paulo cosmopolizada, o que nos mostram cartas suas enviadas a amigos. Em julho de 1925, ele sugere a Prudente de Moraes, neto, da revista do Modernismo carioca *Estética*: "Ou posso mandar um dos contos de Belazarte, escolha pelo nome 'Jaburu malandro' ou 'Menina de olho no

---

11 IDEM. Crônica de Malazarte – II. Loc.cit., novembro, 1923.
12 IDEM. Crônica de Malazarte – I. Loc.cit., outubro, 1923.
13 Marcos Antonio de Moraes, no ensaio "*Primeiro andar*, obra em progresso", sublinha essa acepção do caso ou causo nas narrativas de Belazarte (V. ANDRADE, Mário de. *Obra imatura*. Estabelecimento do texto por Aline Nogueira Marques; edição coordenada por Telê Ancona Lopez. Rio de Janeiro: Agir, 2009, p. 207-224).

fundo'."[14] Em 23 de novembro, 1926, informa Carlos Drummond de Andrade: "Aliás meu livro se intitulará *Histórias de Belazarte*..."[15] Outros contos compostos entre 1924 e 1926, cuja primeira linha fixa o bordão do autor/cronista – "Belazarte me contou:" –, abrigam casos recolhidos pelo narrador irônico, embora compassivo, *flâneur* que acompanha o sofrimento humano na cidade, entrelaçando pobres e "remediados". Belazarte que possui, no estrato fônico do seu nome a palavra azar como sinônimo de má sorte, acusa a falta de saída das vidas pobres, o infortúnio inevitável, a rotina que "não bota reparo no amor". Plínio Barreto bem o define: "Zaratrusta nacional [...], rapsodo zombeteiro amargo das misérias humanas de colorido brasileiro".[16] Maria Célia de Almeida Paulillo, em seu ensaio *Mário de Andrade contista*, observa, muito justamente, que Belazarte incorpora em seu nome a concordância canhestra de número, bastante usada pelos imigrantes italianos – "Belas arte" –, estratificando, na ignorância da renovação, as belas artes.[17]

Belazarte e Malazarte sinalizam a apropriação culta da criação popular brasileira, em um enfoque modernizador. Malazarte vale, no sério-cômico de suas cambalhotas, a subversão dos cânones nas "malas-artes", ou artes modernas, malditas; vale o ensejo, seta para novos tempos, no outro sentido da palavra "azar". Exprime o precário, o risco, a ligação com a arte do povo, na sondagem do primitivismo estético que lhe interessa. "Louco" enfrenta o poder e os padrões da sociedade; marginaliza-se com gosto; cobra mudanças, prenuncia possibilidades.

---

14 ANDRADE, Mário de. *Cartas de Mário de Andrade a Prudente de Moraes, neto. 1924/1936*. Ed. organizada por Georgina Koifman. Rio de Janeiro: Nova Fronteira, 1985, p. 89; data estabelecida como posterior a 14 de julho de 1925. Esta informação e a que consta da nota 15, devo a Aline Nogueira Marques, em seu estudo "Uma história que Belazarte não contou", presente na edição fidedigna anotada e acrescida de documentos por ela preparada de *Os contos de Belazarte*. Rio de Janeiro: Agir, 2008, p. 9-24.
15 ANDRADE, Carlos Drummond. *Carlos & Mário Correspondência de Carlos Drummond de Andrade e Mário de Andrade*. Organização: Lélia Coelho Frota; apresentação e notas às cartas de Mário de Andrade: Carlos Drummond de Andrade; apresentação e notas às cartas de Carlos Drummond de Andrade: Silviano Santiago. Rio de Janeiro: Bem-Te-Vi Produções Literárias, 2002, p. 262.
16 BARRETO, Plínio. Resenha literária. *O Estado de S. Paulo*. São Paulo, 24 maio 1934 (série Matéria extraídas de periódicos; Arquivo Mário de Andrade, IEB-USP).
17 PAULILLO, Maria Célia de Almeida. *Mário de Andrade contista*. Dissertação de mestrado em Literatura Brasileira. DLCV-FFLCH-USP, 1981 (orientadora: Telê Ancona Lopez; datilografado).

A edição de *Belazarte*, bancada por Mário de Andrade na Gráfica Piratininga, sai em 1934, com dedicatória ao companheiro modernista António de Alcântara Machado cujo *Brás, Bexiga e Barra Funda* reforçara com maestria, em 1927, a temática da vida cotidiana nos bairros de São Paulo no prisma de seus personagens nascidos da imigração italiana.[18] Mário junta "Caim, Caim e o resto", em nova versão, a estes cinco títulos – "Piá não sofre? Sofre.", "Túmulo, túmulo, túmulo", "Menina de olho no fundo", "Jaburu malandro" e "Nízia Figueira, sua criada" – a eles somando o "Caso em que entra bugre", dado ao público no *Diário Nacional* de 14 de julho, 1929, fora, contudo, do espaço urbano.[19] Não aloja, nesse livro, "O besouro e a Rosa"; a adequada inclusão será feita em 1944, quando a obra, destinada à Americ Edit, altera a primitiva sequência e perde "Caso em que entra bugre", conduzido, no ano anterior, ao volume *Obra imatura* das Obras Completas Martins. Mas, ainda em 1944, recolhida a segunda edição de *Belazarte*, para punir a editora carioca pelo excesso de erros cometidos, a coletânea, renomeada *Os contos de Belazarte*, vai para a Martins, que somente a encaminha à gráfica em 1947, dois anos após a morte do autor. Demora maior atinge *Obra imatura*, retrospectiva impressa em 1960,[20] recuperando *Há uma gota de sangue em cada poema*, de 1917,[21] *Primeiro andar*, de 1926 – sem "Cocoricó" e "Por trás da porta" –, acrescido do cita-

---

18 É importante lembrar que ao eleger, em 1938, os dez melhores contos da literatura brasileira que, para ele, eram "pelo menos, duas dúzias. Sem ordem de preferência", MA aponta "Gaetaninho" de Alcântara Machado (*Revista Acadêmica*, nº 38. Rio de Janeiro, ago., 1938; V. LOPEZ, Telê Porto Ancona. *Mário de Andrade: Entrevistas e depoimentos*. São Paulo: T.A. Queiroz, Editor. 1983, p. 54). A homenagem de MA continua em "Primeiro de maio" (1934, 1942, 1944), nos *Contos novos*: ao nomear o protagonista 35, nos traz à lembrança "Tiro de guerra número 35" de *Brás, Bexiga e Barra Funda*.

19 O livro *Belazarte* está nas livrarias em 30 de dezembro de 1933; a edição marca 1934. Não carrega, em suas páginas, a crônica/conto "O Diabo", publicada *Diário Nacional*, em 26 de abril, 1931, em que Belazarte também aparece. Não como o contador de histórias, mas como o companheiro do cronista em um giro noturno por São Paulo, com ele conversando. O texto passou com variantes, em 1943, para a coletânea *Os filhos da Candinha*. (V. ANDRADE, Mário de. *Táxi e crônicas no Diário Nacional*. Ed. preparada por Telê Ancona Lopez. São Paulo: Livraria Duas Cidades/ Secretaria da Cultura. Ciência e Tecnologia. São Paulo, 1976, p. 371-374 e *Os filhos da Candinha*. Estabelecimento do texto e notas de João Francisco Franklin Gonçalves. Rio de Janeiro: Agir, 2008, p. 34-37.)

20 Edição preparada para as Obras Completas pelo cunhado de Mário, Eduardo Ribeiro dos Santos Camargo.

21 O livro de estreia de MA, em 1917, viera sob o pseudônimo Mário Sobral.

do "Caso em que entra bugre" assim como de "Briga das pastoras" e "Os sírios".[22] Estes dois últimos contos obtidos, respectivamente, no número do Natal de 1939 da revista *O Cruzeiro* e no romance *Café*, em fase de redação, tendo ocupado, como excerto, páginas da *Ilustração Brasileira*, em 1930,[23] evidenciam um escritor que não perde de vista sua produção jornalística do passado e os manuscritos dos seus projetos não finalizados, quando organiza suas Obras Completas. Que revisita e retoca sua colaboração nas revistas de cunho cultural e nos periódicos da grande imprensa. Em 1942, quando colige matéria para *Os filhos da Candinha*, livro nessa coleção, Mário tanto se atém a recortes do paulistano *Diário Nacional*, como à *Revista Acadêmica* dos estudantes de Direito do Rio de Janeiro, na qual recobra, do nº 9, de novembro, 1935, "Foi sonho".

Escrito em 1933 e aventado para *Belazarte*, talvez pelo travessão no início da narrativa consagrada à argumentação, na fala *sui generis* do companheiro infiel da negra Frorinda, "Foi sonho" irá, contudo, para *Os filhos da Candinha*, na edição Martins de 1943.[24] O texto ao moldar, no protagonista e narrador, uma espécie de Macunaíma que, no Carnaval do subúrbio paulistano, transgride jubiloso a moral vigente, não lida com as contradições sociais. No monólogo tramado, com rara habilidade por Mário de Andrade construtor da *Gramatiquinha da fala brasileira*, uma poética, vigoram cômicas estrepolias à Pedro Malazarte, compatíveis, isso sim, com a coletânea *Os filhos da Candinha* que não impôs parâmetros ao gênero crônica.

---

22 A cronologia da publicação não determinou a ordem de colocação dos textos no livro.

23 "Os sírios" fora publicado em abril de 1930, como "Dois sírios", fragmento do romance *Café*, na *Illustração Brasileira* (Rio de Janeiro, a. 11, nº 116); o recorte, tornado exemplar de trabalho pelas rasuras do escritor, materializa a versão destinada a *Obra imatura* e a *Café*, conforme o ensaio da organizadora da edição desta obra inacabada (V. "Pausa para *Café*" in: ANDRADE, Mário de. *Café*. Estabelecimento do texto, introdução, posfácio e seleção de imagens por Tatiana Longo Figueiredo. Rio de Janeiro: Nova Fronteira, 2015, p. 16). "Briga das pastoras" saiu n'*O Cruzeiro*, a. 12, nº 8. Rio de Janeiro, 23 dezembro, 1939.

24 Em 24 de abril, 1933, MA historia para Bandeira: "Ia me esquecendo. Lhe mando junto uma página engraçada que escrevi na terça-feira de Carnaval, quase exclusivamente com dados colhidos da minha própria janela. Estou com vontade de ajuntar isso como um segundo intermédio de *Belazarte*." (V. ANDRADE, Mário de. *Correspondência Mário de Andrade & Manuel Bandeira*. Organização, introdução e notas de Marcos Antonio de Moraes. Ed. cit., p. 557). É interessante lembrar que em *Porgy and Bess*, de G. Gershwin, ópera de 1935, as letras absorvem o inglês na expressão oral do negro norte-americano, com todo respeito, aliás.

Mas o relegar de "Briga das pastoras", narrativa da maturidade, de alta tensão dramática, ao plano da *Obra imatura*, talvez pelo assunto regional, colado a reminiscências da viagem do Turista Aprendiz ao Nordeste brasileiro no fim do ano de 1928 e começo de 1929, implica hesitação. No dossiê do manuscrito *Contos novos*, a perplexidade do escritor, falecido antes de resolver o conteúdo do seu livro, duplica o paradeiro de "Briga das pastoras", quando esboça o índice.[25] Nesse conto, ali retrabalhado no recorte d'*O Cruzeiro* e em uma versão datilografada, o narrador, viajante e estudioso das danças dramáticas, solda-se ao desenrolar do entrecho, em um impulso de comiseração que exorbita Belazarte. Maria Cuncau, dona do pastoril degradado, velha e grotesca, dotada de extraordinária força expressionista, exacerba a denúncia da desigualdade social no Brasil que cerca os casos contados por Belazarte. E reitera a capacidade do ficcionista de transfigurar a dor humana, os anseios e frustrações, os sonhos e pulsões turvas, a irremediável clivagem. Lá do mocambo pernambucano, Maria Cuncau, ao sofrer o desprezo do filho do dono do engenho, aquele que, no passado, a impelira à prostituição, parece ingressar na implacável engrenagem das vidas sem saída, presenciada por Belazarte. Personagens de um conto ressurgem em outro, fazendo com que ele dirija ao seu silencioso interlocutor e, por tabela, aos leitores, interpelações como esta: "Você inda está lembrado da Teresinha? aquela uma que assassinou dois homens por tabela, os manos Aldo e Tino, e ficou com dois filhos quando o marido foi pra correição?..."

Em *Contos novos*, na edição póstuma da Martins, em 1947,[26] Mário de Andrade ultrapassa o Modernismo; ao atender determinações internas da própria criação, aprofunda-se em questões universais apanhadas nesses

---

25 As obras inacabadas referidas, mediante seus títulos, no elenco das Obras Completas, mostram nos manuscritos de MA, por vezes, planos que dão paradeiro duplicado a determinadas parcelas suas. Assim acontece com o conto "Briga das pastoras", proposto para *Obra imatura* e materializado na versão apógrafa datilografada por Eduardo Ribeiro dos Santos Camargo, incluída nos originais do livro para edição Martins de 1967, no pacote que guarda os originais de *Obra imatura*, e as provas da mesma. Todavia, o texto do conto, nas versões no dossiê dos *Contos novos*, está na rubrica "Contos piores".

26 A edição póstuma foi trabalho do cunhado do autor, Eduardo Ribeiro dos Santos Camargo, e da discípula de MA, a musicóloga Oneyda Alvarenga, considerando o dossiê *Contos novos*, no Arquivo do escritor, na casa da rua Lopes Chaves, antes do Acervo Mário de Andrade ingressar no IEB-USP e ter os manuscritos ali classificados à luz da arquivística, da codicologia e da crítica genética.

entrechos complexos e em personagens nitidamente brasileiros, a maior parte movimentando-se na cidade de São Paulo, espaço que a eles se plasma. "Vestida de preto", "O ladrão", "Primeiro de maio", "Atrás da Catedral de Ruão", "O poço", "O peru de Natal", "Frederico Paciência", "Nelson" e "Tempo da camisolinha", dispostos nesta sequência, corporificam, no dossiê dos manuscritos, anos e anos na decantação temática, estrutural e estilística, nos intricados trajetos das respectivas escrituras.[27] O livro, que se consente a especulação bem-humorada sobre o gênero conto e a menção ao caso como sinônimo de enredo,[28] exibe, no modo de narrar, traços do modo de ser e de contar de Belazarte, Malazarte e do cronista eu, ali propagados em três narradores. Que são estes: Juca, na abordagem de três situações na decorrência de sua vida, em "Vestida de preto", "Frederico Paciência" e "O peru de Natal"; o narrador sem nome, o qual, no relato em terceira pessoa, muito sabe sobre Joaquim Prestes, e que apreende tudo que paira no ar a partir das falas e diálogos, durante a perseguição noturna ao ladrão num bairro paulistano, bem como todas as histórias sobre o estranho frequentador do bar ordinário; e o narrador eu, na reelaboração, em primeira pessoa, de latências em sua primeira infância, tempo redescoberto e compreendido a partir de uma fotografia. São contos que, valendo-se da deformação expressiva, movem-se também no terreno da autobiografia do autor.

Agudos na psicologia, *Contos novos* exploram contradições – na sociedade, assim como no comportamento e nos sentimentos dos personagens; intensificam-se no esforço de desmistificar a encenação e as idealizações, o que, aliás, principia no Belazarte patrão, em "Túmulo, túmulo, túmulo". *Contos novos* focalizam embates na alma dos personagens e no tecido social do enredo;

27 Os contos, alguns com as primeiras versões conhecidas em recortes rasurados de periódicos, mas todos eles portadores de últimas versões datilografadas, às quais as rasuras sobrepõem diversas etapas da escritura, requerem a análise paciente para decifrar a derradeira versão, aquela a ser publicada. O processo criativo dessa obra inacabada de MA foi estudado por Aline Nogueira Marques em "O longo caminho dos *Contos novos*", na edição da obra por ela preparada (Rio de Janeiro: Nova Fronteira, 2009, p. 7-13; Ed. coordenada por Telê Ancona Lopez). A "Nota da edição", assinada, na presente seleta da Global, pela mesma pesquisadora, aponta os contos que tiveram versões publicadas em periódicos.

28 Lembro, à guisa de exemplo: "Tanto andam agora preocupados em definir o conto que não sei bem se o que vou contar é conto ou não, sei que é verdade." – "Vestida de preto"; "Voltemos ao caso que é melhor." – "Tempo da camisolinha" (V. nesta edição de *Melhores contos Mário de Andrade*).

reconhecem a impossibilidade de se ignorar a angústia e a inelutável clivagem do ser humano, da qual tem consciência Juca, narrador e protagonista em quem revive o "louco" Malazarte. Juca é aquele que examina e contesta, que se equilibra nessa corda bamba, marginalizado por força da própria sensibilidade.

Em "O poço", o narrador sem nome retrata cruamente Joaquim Prestes, árido dono de terras e de homens, no cenário de um Brasil arcaico. À medida que, para satisfazer um capricho, a escavação do poço continua em meio à lama, ao frio, ao vento gelado de julho, ao risco de desabamento, a situação limite se instala. A caçamba parece afundar-se no mais sombrio da psique do fazendeiro, transformado em feitor, esquecido do paternalismo que o fazia oferecer medicamentos de preço alto ao peão tuberculoso cuja vida arrisca, sem piedade. Nhô Pires empurra os dois manos, trabalhadores da roça, ao mais fundo da submissão, unicamente para reaver sua caneta-tinteiro; ele, que possuía mais três, sendo uma de ouro... sabe-se no remate do conto. Apenas o amor pelo irmão doente acorda em José a negação e a revolta surda, sem entendimento real de direitos ou de justiça. O narrador solidário ouve, no som do sarilho, a dor extrema, o gemido, o uivo; funde-se à compaixão de Belazarte e, ao historiar severo e firme, equivale a um cronista interessado no seu próprio tempo.

O narrador sem nome amplia o painel de Belazarte nos *Contos novos*. "Nelson" toma o mistério do homem sem identidade, marginalizado; transfere um assunto regional para o ambiente urbano, no qual o mexerico de bar ou a interpretação dos "contadores" espalha diferentes possibilidades de uma história, cujas peças são ajustadas querendo satisfazer a ilusão de coerência dos que repudiam a deformação física, a provável loucura, a solidão na embriaguez. O narrador que registra o diz-que-diz, no *Rashomon* pleno de faces, não despreza o homem atrás do copo, a mão escondida no bolso. Seu olhar é uma espécie de câmera cinematográfica tensa, atenta e solidária, seguindo a criatura que todos dizem conhecer e de quem ninguém se aproxima, com exceção da garçonete prostituta, pária igualmente. E o título "Nelson" convida o leitor a desvendar a ligação ali consumada pelo autor, valorizando seu personagem: a mutilação, pelo ataque de piranhas, em uma luta da Coluna Prestes, à perda do braço pelo almirante inglês Nelson, em heroica batalha no mar.

Mas é o narrador eu quem alcança, em "O tempo da camisolinha", a consciência da ilusão na criança que chora, "vendo inutilizar-se no infinito dos sofrimentos humanos a minha estrela-do-mar". Consciência que ecoa na expressão do eu lírico, no derradeiro poema de Mário de Andrade, "A meditação sobre o Tietê":

> *Eu recuso a paciência, o boi morreu, eu recuso a esperança.*
> *Eu me acho tão cansado em meu furor.*
> *As águas apenas murmuram hostis, água vil mas turrona paulista*
> *Que sobe e se espraia, levando as auroras represadas*
> *Para o peito dos sofrimentos dos homens.*
> *... e tudo é noite. Sob o arco admirável*
> *Da Ponte das Bandeiras, morta, dissoluta, fraca,*
> *Uma lágrima apenas, uma lágrima,*
> *Eu sigo alga escusa nas águas do meu Tietê. (v. 326-334)*[29]

Melhores contos...

Esta nova edição dos *Melhores contos Mário de Andrade* confirma a escolha em 1987 ao considerar a beleza das narrativas e o meu encontro com os leitores. Beneficiou-se da contribuição da crítica sobre a obra do contista que muito tem se enriquecido desde então. O estabelecimento do texto dos contos, por Aline Marques Nicolau atualiza o trabalho nas edições dos livros que os incluem, publicados entre 2007 e 2015, na parceria Instituto de Estudos Brasileiros da Universidade de São Paulo e Agir/Nova Fronteira, editora carioca. O trabalho, sob minha coordenação, contou com o aporte do projeto temático FAPESP/IEB-USP/ FFLCH-USP, também sob a minha responsabilidade, voltado para o estudo e a classificação dos manuscritos de Mário de Andrade.

Telê Ancona Lopez

29 ANDRADE, Mário de. "A meditação sobre o Tietê". In: "Lira paulistana"; in: *Poesias completas*, v. 1. Ed. cit., p. 531-543.

NOTA DA EDIÇÃO

O estabelecimento do texto para a coletânea *Melhores contos Mário de Andrade*, no objetivo de cumprir o projeto literário do autor, corresponde à revisão das versões fixadas nas edições dos livros que os contêm – *Os filhos da Candinha*, *Os contos de Belazarte*, *Obra imatura* e *Contos novos* –, produzidas no protocolo que reuniu o Instituto de Estudos Brasileiros da Universidade de São Paulo e a editora carioca Agir/Nova Fronteira, entre 2007 e 2015. Coordenadas por Telê Ancona Lopez, as edições atribuíram o estabelecimento do texto fidedigno dos títulos a pesquisadores ligados à Equipe Mário de Andrade, na instituição. Assim, *Os contos de Belazarte* e *Obra imatura* (2008 e 2009) foram trabalhados por mim, que, ao lado de João Francisco Franklin Gonçalves, respondeu, também em 2008, pelo texto de *Os filhos da Candinha* e, contando com subsídios de confronto anterior feito por Hugo Camargo Rocha, subscreveu o texto de *Contos novos*, em 2011.

No confronto das versões manuscritas ou publicadas durante a vida do ficcionista, valendo-se de documentos no Arquivo Mário de Andrade, no IEB-USP, os preparadores elegeram os textos de base para publicar os contos pertencentes às obras referidas. O procedimento editorial, desenvolvido à luz da codicologia, da crítica textual e da crítica genética é relembrado de forma sucinta, na atual coletânea, no que concerne ao itinerário da escritura.

O texto de "O besouro e a Rosa", assim como o de "Caim, Caim e o resto", advém do confronto da reescritura da primeira versão conhecida dos mesmos com versões ulteriores, em livros e manuscritos de Mário. Essa reescritura, materializada pelas rasuras de cunho estilístico em exemplares de trabalho, talvez em 1925, nas páginas arrancadas d'*América Brasileira* nas quais as narrativas aparecem como "intermédios", em fevereiro e julho de 1924, quinto lugar e fecho da série de dez "Crônicas de Malazarte" assinadas pelo escritor paulistano no mensário carioca. O procedimento editorial atinente a ambas cotejou essa versão de "O besouro e a Rosa", com a que se mostra em *Primeiro andar*, obra de 1926, impressa na Casa Editora Antonio Tisi, de São Paulo, e com a subsequente, no exemplar de trabalho que a transfere para *Belazarte*, de 1934, pela Editora Piratininga S/A. Prendeu-se, em seguida, à diligência comparativa que tanto se ateve à presença da versão vinda do exemplar de trabalho de "Caim, Caim e o resto", como à da versão de "Piá não sofre? Sofre." e "Túmulo, túmulo, túmulo", firmada no *Belazarte* de 1934, a qual apoia, em 1943, apesar dos erros inaugurados, a versão na tiragem pela Americ Edit, no Rio de Janeiro, no início de 1944. E que se prolongou no cotejo desses quatro títulos, nessa obra, portadora de mais duas versões deles em dois exemplares de trabalho, ambos com rasuras a grafite: um autenticado pela letra de Mário e o outro com marcas apógrafas (cópia?) com o valor de última versão em vida do contista, datável de 1944, associada a um boneco.

O primeiro exemplar, apanhado na edição de 1944, empenha-se em denunciar grande número de erros de revisão, o que justificou o autor suspender a venda da tiragem. O segundo, incorporado ao Arquivo Mário de Andrade em 2008, identifica-se em um boneco que se estrutura em 1944, apropriando-se de um exemplar da *princeps* Piratininga de 1934. Esse exemplar de trabalho resguarda-se em uma capa dura tosca de percalux vinho. Rejeitadas a capa original e a folha de rosto, o miolo descosturado acomoda o remanejamento dos contos que, nas páginas renumeradas, obedece a um "Índice" datilografado e repete a sequência na Americ Edit. Rasuras de vário naipe, inclusive absorvendo boa parte da correção deixada no outro exemplar, traçadas, porém, em letra bastante diferente da que se vê nos manuscritos autógrafos do escritor, refundem o texto de 1934. Instituem a nova versão destinada a *Os contos de Belazarte*, livro assim rebatizado para as Obras Completas de Mário de Andrade pela Livraria Martins Editora, em São Paulo, cujo plano data de 1943. A versão consolida-se no boneco que, sem o título, por meio de marcas autógrafas a tinta preta, grafite e lápis de duas pontas, vermelha e azul, convencional nas oficinas gráficas, orientou os passos da composição d'*Os contos de Belazarte* que chegam ao público somente em 1947, dois anos após a morte do autor.

Quanto à fixação do texto do conto "Briga das pastoras", determinado por Mário de Andrade para ingressar no primeiro volume, *Obra imatura*, na coleção capitaneada por José de Barros Martins, o presente trabalho editorial conheceu quatro versões, vivo o contista, para definir, na última, o texto de base. Testemunhou o trajeto da criação a partir da versão no número de 23 dezembro, 1939, nas páginas que a exibem, extraídas d'*O Cruzeiro*, revista ilustrada do Rio, de larga circulação no país. Perquiriu-o na nova versão em que as rasuras ao texto impresso desenvolvem um exemplar de trabalho, bem como na forma datiloscrita subsequente, quando as rasuras a caneta instruem a derradeira versão, aproveitada, aliás, pela Livraria Martins, na edição póstuma de *Obra imatura*, em 1960.

No que se reporta a "Foi sonho", a fixação de texto preparada para *Melhores contos Mário de Andrade* encontrou-o nesta sucessão: como crônica na versão estampada, em novembro de 1935, no número 9 da *Revista Acadêmica* dos estudantes de Direito da então Capital Federal; no volume *Os filhos da Candinha*, votado a espelhar o exercício do gênero, em 1943, nas Obras Completas Martins, assim como no exemplar de trabalho que se inclina sobre essa compilação, mas nada modifica no monólogo do negro paulistano. A reafirmação chancela a versão agora republicada.

As narrativas "Nelson", "O ladrão", "O poço", "Vestida de preto", "O peru de Natal", "Frederico Paciência" e "Tempo da camisolinha" vêm à luz em 1947, nos *Contos novos*, livro anunciado em 1944 como o número 27 das Obras Completas, preparado pelos amigos, após a morte de Mário de Andrade em 1945. Em 2011, para estabelecer o texto dos contos ali alojados, a edição de *Contos novos*, pela Nova Fronteira, aproximou a versão vigente no livro póstumo às versões nos manuscritos. Vale dizer, confrontou-a com versões rasuradas – impressas, autógrafas e datiloscritas organizadas no arquivo do escritor, no IEB-USP, analisando complexos documentos do processo criativo que consignam pausas demoradas e anos de muita atividade, no período 1923/1924-1944. Estribando-se nessa edição, todavia sem discutir, detalhadamente, questões relativas ao percurso da criação descoberto, a fixação do texto dos contos aqui selecionados preferiu historiar apenas os acontecimentos mais significativos.

Desse modo, relata que o conto "Nelson" soma duas versões em 1943 e demarca o título depois de descartar as possibilidades "A vida humana", "A vida alheia" e "A porta fechada". Que "O ladrão" surge em 1930, como "O fugitivo", na coluna Histórias e Contos, do paulistano *Diário Nacional*, em 27 de abril, sob o pseudônimo Luís Pinho. Esse texto, recortado do jornal, assumido como um exemplar de trabalho, dá base à versão datiloscrita "O ladrão", de 16 de agosto, 1941, que é rasurada no ano seguinte para ressurgir nas páginas 35 a 43 do número 13 da revista *Clima*, de São Paulo, em 1944. Nas páginas destacadas do periódico, reside o exemplar de trabalho que revela a última versão objetivada pelas rasuras a tinta preta. Quanto a "O poço", a sucessão de versões datiloscritas rasuradas, em 1942, atinge em 26 de dezembro a que se acreditou a última, validada, portanto, para publicação.

No que se relaciona com "Vestida de preto", o procedimento editorial comparou a versão impressa, sob esse mesmo título, no Suplemento do *Diário de Notícias* do Rio de Janeiro, em 26 de fevereiro, 1939, com a que lhe é sobreposta, quando as rasuras do autor a grafite e a tinta preta montam um exemplar de trabalho. Essa versão baseia a que o datiloscrito em cópia carbono retém e que explica a redação ter começado no Rio, em 1939, e terminado em São Paulo, no dia 17 de fevereiro de 1943.

Quanto a "O peru de Natal", a fixação de seu texto percorreu a primeira versão no Suplemento do *Diário de Notícias* do Rio de Janeiro, em 25 de dezembro, 1938, e a que a recobre, em termos do exemplar de trabalho o qual, nas transformações processadas, consubstancia a versão estimada como "definitiva", pelo autor, em agosto de 1942, depois de emendá-la. Essa versão foi acolhida na edição dos *Contos novos* de 2011 que desprezou o texto sem as ditas emendas nas páginas do número 19 da *Revista da Academia Paulista de Letras*, no mesmo ano.

Em "Frederico Paciência", as providências de cunho editorial compulsaram esboços concebíveis como de 1923 e 1924 deslocados para o dossiê do manuscrito de *Quatro pessoas*, romance interrompido pela morte do escritor, em 1945. Deduziram, seguindo nota de Mário, já no manuscrito de "Frederico Paciência", que os esboços teriam se ligado a redações em 1924, 1929, 1939 e 1940, inexistentes no fundo documental, no IEB-USP. Lançaram-se, então, na análise de duas versões datiloscritas rasuradas de 1942, das quais a de 23 de novembro, dada como "última redação", indiciou o texto fiel agora divulgado.

Por fim, remetendo-se ao dossiê do manuscrito de "Tempo da camisolinha", a presente edição dos *Melhores contos*, cuidou da versão datiloscrita pelo escritor, isto é, na datilografia com os habituais resvalos técnicos dele, datada "Rio, 10-VI-1939", e compreendeu, nas emendas autógrafas, a reescritura que culmina em 16 de fevereiro de 1943, conforme nota acrescentada. Aplicando-se, a seguir, ao exame das rasuras da lavra de Mário na cópia dessa versão, datilografada com esmero por outrem, convalidando-o como último texto fidedigno.

Dentro do propósito de veicular, com fidelidade, o texto mariodeandradiano, cabe ressaltar que a necessária condução dos contos à regra ortográfica vigente no país, nesta seleta, coexistiu com o respeito ao emprego da língua portuguesa falada no Brasil, signo de um projeto linguístico renovador. Por isso, a fixação dos textos atendeu a norma para as formas "si", "sinão", "quasi", "rúim", "milhor", "de-tarde", "de-noite", "ólio", salvo nos casos que, por artifício, moldam a narrativa oral de Belazarte e a justificativa do companheiro infiel de Frorinda. Retomou, igualmente, as idiossincrasias ortográficas "dor-de-cabeça", "diz-que", "malestar", "decerto", "hei-de", "a-pé", "malestarentamente", "apá-virado", "xicra" e "luís-quinze", importantes para o ritmo da frase. Correções conjecturais foram feitas a deslizes na datilografia nas versões de títulos inacabados.

Aline Marques Nicolau

CONTOS

O BESOURO E A ROSA

A Luís Emilio Soto[30]

***B**elazarte me contou:*

Não acredito em bicho maligno mas besouro, não sei não. Olhe o que sucedeu com a Rosa... Dezoito anos. E não sabia que os tinha. Ninguém reparara nisso. Nem dona Carlotinha nem dona Ana, entretanto já velhuscas e solteironas, ambas quarenta e muito. Rosa viera pra companhia delas aos sete anos quando lhe morreu a mãe. Morreu ou deu a filha que é a mesma coisa que morrer. Rosa crescia. O português adorável do tipo dela se desbastava aos poucos das vaguezas físicas da infância. Dez anos, quatorze anos, quinze... Afinal dezoito em maio passado. Porém Rosa continuava com sete, pelo menos no que faz a alma da gente. Servia sempre as duas solteironas com a mesma fantasia caprichosa da antiga Rosinha. Ora limpava bem a casa, ora mal. Às vezes se esquecia do paliteiro no botar a mesa pro almoço. E no quarto afagava com a mesma ignorância de mãe de brinquedo a mesma boneca, faz quanto tempo nem sei! lhe dera dona Carlotinha no intuito de se mostrar simpática. Parece incrível, não? porém nosso mundo está cheio desses

30 A dedicatória ao crítico literário Mário Luís Emilio Soto (Buenos Aires, 1902-1970) marca as relações de MA com intelectuais argentinos (V. Correspondência Mário de Andrade: Escritores/artistas argentinos. Org. de Patricia Maria Artundo. São Paulo, Edusp/IEB-USP, 2013). Aposta a este conto em *Primeiro andar*, no ano de 1926 (São Paulo, Casa Editora Antonio Tisi, São Paulo), perdura na passagem dele para o livro *Belazarte*, na tiragem de 1934 (São Paulo, Editora Piratininga S/A), na de 1943 (Rio de Janeiro, Americ Edit) e na edição póstuma intitulada *Os contos de Belazarte* em 1947 (São Paulo, Livraria Martins Editora; Obras Completas).

incríveis: Rosa mocetona já, era infantil e de pureza infantil. Que as purezas como as morais são muitas e diferentes... Mudam com os tempos e com a idade da gente... Não devia ser assim, porém é assim, e não temos que discutir. Mas com dezoito anos em 1923, Rosa possuía a pureza das crianças dali... pela batalha do Riachuelo mais ou menos... Isso: das crianças de 1865. Rosa... que anacronismo!

Na casinha em que moravam as três, caminho da Lapa, a mocidade dela se desenvolvera só no corpo. Também saía pouco e a cidade era pra ela a viagem que a gente faz uma vez por ano quando muito, finados chegando. Então dona Ana e dona Carlotinha vestiam seda preta, sim senhor! botavam um sedume preto barulhando que era um desperdício. Rosa acompanhava as patroas na cassa mais novinha, levando os copos-de-leite e as avencas todas da horta. Iam no Araçá aonde repousava a lembrança do capitão Fragoso Vale, pai das duas tias. Junto do mármore raso dona Carlotinha e dona Ana choravam. Rosa chorava também, pra fazer companhia. Enxergava as outras chorando, imaginava que carecia chorar também, pronto! chororó... abria as torneirinhas dos olhos pretos pretos, que ficavam brilhando ainda mais. Depois visitavam comentando os túmulos endomingados. Aquele cheiro... Velas derretidas, famílias bivacando, afobação encrencada pra pegar o bonde... que atordoamento meu Deus! A impressão cheia de medos era desagradável.

Essa anualmente a viagem grande da Rosa. No mais: chegadas até a igreja da Lapa algum domingo solto e na Semana Santa. Rosa não sonhava nem matutava. Sempre tratando da horta e de dona Carlotinha. Tratando da janta e de dona Ana. Tudo com a mesma igualdade infantil que não implica desamor não. Nem era indiferença, era não imaginar as diferenças, isso sim. A gente bota dez dedos pra fazer comida, dois braços pra varrer a casa, um bocadinho de amizade pra fulano, três bocadinhos de amizade pra sicrano que é mais simpático, um olhar pra vista bonita do lado com o espigão de Nossa Senhora do Ó numa pasmaceira lá longe, e de supetão, záz! bota tudo no amor que nem no campista pra ver se pega uma cartada boa. Assim é que fazemos... A Rosa não fazia. Era sempre o mesmo bocado de corpo que ela punha em todas as coisas: dedos braços vista e boca. Chorava com isso e com o mesmo isso tratava de dona Carlotinha. Indistinta e bem varridinha.

Vazia. Uma freirinha. O mundo não existia pra... qual freira! santinha de igreja perdida nos arredores de Évora. Falo da santinha representativa que está no altar, feita de massa pintada. A outra, a representada, você bem que sabe: está lá no céu não intercedendo pela gente... Rosa si carecesse intercedia. Porém sem saber por quê. Intercedia com o mesmo pedaço de corpo dedos braços vista e boca sem mais nada. A pureza, a infantilidade, a pobreza-de-espírito se vidravam numa redoma que a separava da vida. Vizinhança? Só a casinha além, na mesma rua sem calçamento, barro escuro, verde de capim livre. A viela era engolida num rompante pelo chinfrim civilizado da rua dos bondes. Mas já na esquina a vendinha de seu Costa impedia Rosa de entrar na rua dos bondes. E seu Costa passava dos cinquenta, viúvo sem filhos, pitando num cachimbo fedido. Rosa parava ali. A venda movia toda a dinâmica alimentar da existência de dona Ana, de dona Carlotinha e dela. E isso nas horas apressadas da manhã, depois de ferver o leite que o leiteiro deixava muito cedo no portão.

Rosa saudava as vizinhas da outra casa. De longe em longe parava um minuto conversando com a Ricardina. Porém não tinha assunto, que que havia de fazer? partia depressa. Com essas despreocupações de viver e de gostar da vida, como é que podia reparar na própria mocidade! não podia. Só quem pôs reparo nisso foi o João. De primeiro ele enrolava os dois pães no papel acinzentado e atirava o embrulho na varanda. Batia pra saberem e ia-se embora tlindliirim dlimdlrim, na carrocinha dele. Só quando a chuva era de vento, esperava com o embrulho na mão.

– Bom-dia.

– Bom-dia.

– Que chuva

– Um horror.

– Até amanhã.

– Até amanhã.

Porém duma feita, quando embrulhava os pães na carrocinha, percebeu Rosa que voltava da venda. Esperou muito naturalmente, não era nenhum malcriado não. O sol dava de chapa no corpo que vinha vindo. Foi então que João pôs reparo na mudança da Rosa, estava outra. Inteiramente mulher com pernas bem delineadas e dois seios agudos se contando na lisura da blusa, que nem rubi de anel dentro da luva. Isto é... João não viu nada disso, estou fantasiando a história. Depois do século dezenove os contadores parece que se sentem na obrigação de esmiuçar com sem-vergonhice essas coisas. Nem aquela cor de maçã camoesa amorenada limpa... Nem aqueles olhos de esplendor solar... João reparou apenas que tinha um malestar por dentro e concluiu que o malestar vinha da Rosa. Era a Rosa que estava dando aquilo nele não tem dúvida. Alastrou um riso perdido na cara. Foi-se embora tonto, sem nem falar bom-dia direito. Mas daí em diante não jogou mais os pães no passeio. Esperava que a Rosa viesse buscá-los das mãos dele.

– Bom-dia.

– Bom-dia. Por que não atirou?

– É... Pode sujar.

– Até amanhã.

– Até amanhã, Rosa!

Sentia o tal de malestar e ia-se embora.

João era quasi uma Rosa também. Só que tinha pai e mãe, isso ensina a gente. E talvez por causa dos vinte anos... De deveras chegara nessa idade sem contato de mulher, porém os sonhos o atiçavam, vivia mordido de impaciências curtas. Porém fazia pão, entregava pão e dormia cedo. Domingo jogava futebol no Lapa Atlético. Quando descobriu que não podia mais viver sem a Rosa, confessou tudo pro pai.

– Pois casa, filho. É rapariga boa, não é?

– É, meu pai.

– Pois então casa! A padaria é tua mesmo... não tenho mais filhos... E si a rapariga é boa...

Nessa tarde dona Ana e dona Carlotinha recebiam a visita envergonhada do João. Que custo falar aquilo! Afinal quando elas adivinharam que aquele mocetão, manco na fala porém sereno de gestos, lhes levava a Rosa, se comoveram muito. Se comoveram porque acharam o caso muito bonito, muito comovente. E num instante repararam também que a criadinha estava ũa mocetona já. Carecia se casar. Que maravilha, Rosa se casava! Havia de ter filhos! Elas seriam as madrinhas... Quasi se desvirginavam no gozo de serem mães dos filhos da Rosinha. Se sentiam até abraçadas, apertadas e, cruz credo! faziam cada pecadão na inconsciência...

– Rosa!

– Senhora?

– Venha cá!

– Já vou, sim senhora!

Ainda não sabiam si o João era bom mas parecia. E queriam gozar o encafifamento de Rosa e do moço, que maravilha!

Apertados nos batentes da porta relumearam dezoito anos fresquinhos.

– Rosa, olhe aqui. O moço veio pedir você em casamento.

– Pedir o quê!...

– O moço diz que quer casar com você.

Rosa fizera da boca uma roda vermelha. Os dentes regulares muitos brancos. Não se envergonhou. Não abaixou os olhos. Rosa principiou a chorar. Fugiu pra dentro soluçando. Dona Carlotinha foi encontrar ela sentada na tripeça junto do fogão. Chorava gritadinho, soluçava aguçando os ombros, desamparada.

– Rosa, que é isso! Então é assim que se faz!? Si você não quer, fale!

– Não! Dona Carlotinha, não! Como é que vai ser! Eu não quero largar da senhora!...

Dona Carlotinha ponderou, gozou, aconselhou... Rosa não sabia pra onde ir si casasse, Rosa só sabia tratar de dona Carlotinha... Rosa pôs-se a chorar alto. Careceu tapar a boca dela, salvo seja! pra que o moço não escutasse, coitado! Afinal dona Ana veio saber o que sucedia, morta de curiosidade.

João ficou sozinho na sala, não sabia o que tinha acontecido lá dentro, mas porém adivinhando que lhe parecia que a Rosa não gostava dele.

Agora sim, estava mesmo atordoado. Ficou com vergonha da sala, de estar sozinho, não sei, foi pegando no chapéu e saindo num passo de boi-de--carro. Arredondava os olhos espantado. Agora percebia que gostava mesmo da Rosa. A tábua dera uma dor nele, o pobre!

Foi tarde de silêncio na casa dele. O pai praguejou, ofendeu a menina. Depois percebendo que aquilo fazia mal ao filho se calou.

No dia seguinte João atirou o pão no passeio e foi-se embora. Lhe dava de supetão uma coisa esquisita por dentro, vinha lá de baixo do corpo apertando, quasi sufocava e a imagem da Rosa saía pelos olhos dele trelendo com a vida indiferente da rua e da entrega do pão. Graças a Deus que chegou em casa! Mas era muito sem letras nem cidade pra cultivar a tristeza. E Rosa não aparecia pra cultivar o desejo... No domingo ele foi um zagueiro estupendo. Por causa dele o Lapa Atlético venceu. Venceu porque derrepentemente ela aparecia no corpo dele e lhe dava aquela vontade, isto é, duas vontades: a... já sabida e outra, de esquecimento e continuar dominando a vida... Então ele via a bola, adivinhava pra que lado ela ia, se atirava, que lhe incomodava agora de levar pé na cara! quebrar a espinha! arrebentasse tudo! morresse! porém a bola não havia de entrar no gol. João naturalmente pensava que era por causa da bola.

Rosa quando viu que não deixava mesmo dona Ana e dona Carlotinha teve um alegrão. Cantou. Agora é que o besouro entra em cena... Rosa sentiu uma calma grande. E não pensou mais no João.

– Você se esqueceu do paliteiro outra vez!

– Dona Ana, me desculpe!

Continuou limpando a casa ora bem ora mal. Continuou ninando a boneca de louça. Continuou.

Essa noite muito quente, quis dormir com a janela aberta. Rolava satisfeita o corpo nu dentro da camisola, e depois dormiu. Um besouro entrou. Zzz, zzz, zzzuuuuuummmm, pá! Rosa dormida estremeceu à sensação daquelas pernas metálicas no colo. Abriu os olhos na escureza. O besouro passeava lentamente. Encontrou o orifício da camisola e avançava pelo vale ardente entre morros. Rosa imaginou ũa mordida horrível no peito, sentou-se num pulo, comprimindo o colo. Com o movimento, o besouro se despegara da epiderme lisa e tombara na barriga dela, zzz tzzz... tz. Rosa soltou um grito agudíssimo. Caiu na cama se estorcendo. O bicho continuava descendo, tzz... Afinal se emaranhou tzz-tzz, estava preso. Rosa estirava as pernas com endurecimentos de ataque. Rolava. Caiu.

Dona Ana e dona Carlotinha vieram encontrá-la assim, espasmódica, com a espuma escorrendo do canto da boca. Olhos esgazeados relampejando que nem brasa. Mas como saber o que era! Rosa não falava, se contorcendo. Porém dona Ana orientada pelo gesto que a pobre repetia, descobriu o bicho. Arrancou-o com aspereza, aspereza pra livrar depressa a moça. E foi uma dificuldade acalmá-la... Ia sossegando sossegando... de repente voltava tudo e era tal-e-qual ataque, atirava as cobertas rosnava, se contorcendo, olhos revirados, uhm... Terror sem fundamento, bem se vê. Nova trabalheira. Lavaram ela, dona Carlotinha se deu ao trabalho de acender fogo pra ter água morna que sossega mais, dizem. Trocaram a camisola, muita água com açúcar...

– Também por que você deixou janela aberta, Rosa...

Só umas duas horas depois tudo dormia na casa outra vez. Tudo não. Dois olhos fixando a treva, atentos a qualquer ressaibo perdido de luz e aos vultos silenciosos da escuridão. Rosa não dorme toda a noite. Afinal escuta os ruídos da casa acordando. Dona Ana vem saber. Rosa finge dormir, desarrazoadamente enraivecida. Tem um ódio daquela coroca! Tem nojo de dona Carlotinha... Ouve o estalo da lenha no fogo. Escuta o barulho do pão atirado contra a porta do passeio. Rosa esfrega os dedos fortemente pelo corpo. Se espreguiça. Afinal levantou.

Agora caminha mais pausado. Traz uma seriedade nunca vista ainda, na comissura dos lábios. Que negrores nas pálpebras! Pensa que vai trabalhar e trabalha. Limpa com dever a casa toda, botando dez dedos pra fazer a comida, botando dois braços pra varrer, botando os olhos na mesa pra não esquecer o paliteiro. Dona Carlotinha se resfriou. Pois Rosa lhe dá uma porção de amizade. Prepara chás pra ela. Senta na cabeceira da cama, velando muito, sem falar. As duas velhas olham pra ela ressabiadas. Não a reconhecem mais e têm medo da estranha. Com efeito Rosa mudou, é outra Rosa. É uma rosa aberta. Imperativa, enérgica. Se impõe. Dona Carlotinha tem medo de lhe perguntar se passou bem a noite. Dona Ana tem medo de lhe aconselhar que descanse mais. É sábado porém podia lavar a casa na segunda-feira... Rosa lava toda a casa como nunca lavou. Faz uma limpeza completa no próprio quarto. A boneca... Rosa lhe desgruda os últimos crespos da cabeça, gesto frio. Afunda um olho dela, portuguesmente, à Camões. Porém pensa que dona Carlotinha vai sentir. A gente nunca deve dar desgostos inúteis aos outros, a vida é já tão cheia deles!... pensa. Suspira. Esconde a boneca no fundo da canastra.

Quando foi dormir teve um pavor repentino: dormir só!... E si ficar solteira! O pensamento salta na cabeça dela assim, sem razão. Rosa tem um medo doloroso de ficar solteira. Um medo impaciente, sobretudo impaciente, de ficar solteira. Isto é medonho! É UMA VERGONHA!

Se vê bem que nunca tinha sofrido, a coitada! Toda a noite não dormiu. Não sei a que horas a cama se tornou insuportavelmente solitária pra ela. Se ergue. Escancara a janela, entra com o peito na noite, desesperadamente temerária. Rosa espera o besouro. Não tem besouros essa noite. Ficou se cansando naquela posição, à espera. Não sabia o que estava esperando. Nós é que sabemos, não? Porém o besouro não vinha mesmo. Era uma noite quente... A vida latejava num ardor de estrelas pipocantes imóveis. Um silêncio!... O sono de todos os homens, dormindo indiferentes, sem se amolar com ela... O cheiro de campo requeimado endurecia o ar que parara de circular, não entrava no peito! Não tinha mesmo nada na noite vazia. Rosa espera mais um poucadinho. Desiludida, se deita depois. Adormece agitada. Sonha misturas impossíveis. Sonha que acabaram todos os besouros desse mundo e que um grupo de moças caçoa dela zumbindo: Solteira! às gargalhadas. Chora em sonho.

No outro dia dona Ana pensa que carece passear a moça. Vão na missa. Rosa segue na frente e vai namorar todos os homens que encontra. Tem de prender um. Qualquer. Tem de prender um pra não ficar solteira. Na venda de seu Costa, Pedro Mulatão já veio beber a primeira pinga do dia. Rosa tira uma linha pra ele que mais parece de mulher-da-vida. Pedro Mulatão sente um desejo fácil daquele corpo, e segue atrás. Rosa sabe disso. Quem é aquele homem? Isso não sabe. Nem que soubesse do vagabundo e beberrão, é o primeiro homem que encontra, carece agarrá-lo sinão morre solteira. Agora não namorará mais ninguém. Se finge de inocente e virgem, riquezas que não tem mais... Porém é artista e representa. De vez em quando se vira pra olhar. Olhar dona Ana. Se ri pra ela nesse riso provocante que enche os corpos de vontade.

Na saída da missa outro olhar mais canalha ainda. Pedro Mulatão para na venda. Bebe mais e trama coisas feias. Rosa imagina que falta açúcar, só pra ir na venda. É Pedro que traz o embrulho, conversando. Convida-a pra de-noite. Ela recusa porque assim não casará. Isso pra ele é indiferente: casar ou não casar... Irá pedir.

Desta vez as duas tias nem chamam Rosa, homem repugnante não? Como casá-la com aqueles trinta-e-cinco anos!... No mínimo, de trinta-e--cinco pra quarenta. E mulato, amarelo pálido já descorado... pela pinga,

Nossa Senhora!... Desculpasse, porém a Rosa não queria casar. Então ela aparece e fala que quer casar com Pedro Mulatão. Elas não podem aconselhar nada diante dele, despedem Pedro. Vão tirar informações. Que volte na quinta-feira.

As informações são as que a gente imagina, péssimas. Vagabundo, chuva, mau-caráter, não serve não. Rosa chora. Há-de casar com Pedro Mulatão e si não deixarem, ela foge. Dona Ana e dona Carlotinha cedem com a morte na alma.

Quando o João soube que a Rosa ia casar, teve um desespero na barriga. Saiu tonto, pra espairecer. Achou companheiros e se meteu na caninha. Deixaram ele por aí, sentado na guia da calçada, manhãzinha, podre de bebedeira. O rondante fez ele se erguer.

– Moço, não pode dormir nesse lugar não! Vá pra sua casa!

Ele partiu, chorando alto, falando que não tinha a culpa. Depois deitou no capim duma travessa e dormiu. O sol o chamou. Dor-de-cabeça, gosto rúim na boca... E a vergonha. Nem sabe como entra em casa. O estrilo do pai é danado. Que insultos! seu filho disto, seu não-sei-que-mais, palavras feias que arrepiam... Ninguém imaginaria que homem tão bom pudesse falar aquelas coisas. Ora! todo homem sabe bocagens, é só ter uma dor desesperada que elas saem. Porque o pai de João sofre deveras. Tanto como a mãe que apenas chora. Chora muito. João tem repugnância de si mesmo. De-tarde quando volta do serviço, a Carmela chama ele na cerca. Fala que João não deve de beber mais assim, porque a mãe chorou muito. Carmela chora também. João percebe que si beber outra vez, se prejudicará demais. Jura que não cai noutra, Carmela e ele suspiram se olhando. Ficam ali.

Ia me esquecendo da Rosa... Conto o resto do que sucedeu pro João um outro dia. Prepararam enxoval apressado pra ela, menos de mês. Ainda na véspera do casamento, dona Carlotinha insistiu com ela pra que mandasse o noivo embora. Pedro Mulatão era um infame, até gatuno. Deus me perdoe! Rosa não escutou nada. Bateu o pé. Quis casar e casou. Meia que sentia que estava errada porém não queria pensar e não pensava. As duas solteironas choraram muito quando ela partiu casada e vitoriosa, sem uma lágrima. Dura.

Rosa foi muito infeliz.

CAIM, CAIM E O RESTO

Belazarte me contou:

Talvez ninguém reparasse, nem eles mesmo, porém foi sim, foi depois daquela noite, que os dois começaram brigando por um nada. Dois manos brigando desse jeito, onde se viu! E dantes tão amigos... Pois foi naquela noite. Sentados um a par do outro, olhavam a quermesse. O leilão estava engraçado. O Sadresky dera três milréis por um cravo da Flora, êta mulatinha esperta! Também com cada olhão de jabuticaba rachada, branco e preto luzindo melado, ver suco de jabuticaba mesmo... onde estará ela agora? até com seu doutor Cerquinho!...

– Você foi pagar a conta pra ele, Aldo?

– Já.

Contemplavam o povo entrançado no largo. Seguiam um, seguiam outro, pensando só com os olhos. Nem trocavam palavra, não era preciso mais: se conheciam bem por dentro. De repente viraram-se um pro outro como pra espiar onde que o mano olhava. Aldo fixou Tino. Tino não quis retirar primeiro os olhos. Olho que não pestaneja cansa logo, fica ardendo que nem com areia e pega a relampear. Quatro fuzis, meu caro, quatro fuzis de raiva. Nem raiva, era ódio já. Aldo fez assim um jeito de muxoxo pro magricela do irmão, riu com desprezo. Tino arregalou o focinho como gato assanhado.

Se separaram. Aldo foi falar com uns rapazes, Tino foi falar com outros. Às vinte e duas horas tudo se acabava mesmo... voltaram pra casa. Mas cada qual vinha numa calçada. Braço a torcer é que nenhum não dava, não vê! Dentro do quarto brigaram. Por um nadinha, questão de roupa na guarda da cama. Dona Maria veio saber o que era aquilo espantada. Foi uma discussão temível.

Da discussão aos murros não levou três dias. E por quê? Ninguém sabia. A verdade é que a vida mudou pra aqueles três. Inútil a mãe chorar, se lamentar, até insultando os filhos. Quê! nem si o defunto marido estivesse inda vivo!... Pegou fogo e a vida antiga não voltava mais.

E dantes tão irmãos um do outro!... Aldo até protegia Tino que era enfezado, cor escura. Herdara o brasileiro do pai, aquela cor caínha que não dava nada de si e uns musculinhos que nem o trabalho vivo de pedreiro consertava. Quando tirava fora a camisa pra se lavar no sábado, qual! mesmo de camisa e paletó, as espáduas pousavam sobre o dorso curvo como duas asas fechadas.

E era mesmo um anjo o Tino, tão quietinho! humilde, talhado pra sacristão. Cantava com voz fraca muito bonita, principalmente a *Mamma mia* num napolitano duvidoso de bairro da Lapa. Quando depois da janta, fazendo algum trabalhinho, lá dentro ele cantava, Aldo junto da janela sentia-se orgulhoso si algum passante parava escutando. Si o tal não parava, Aldo punha este pensamento na cachola: "Esse não gosta de música... estúpido." Que alguém não apreciasse a voz do Tino, isso Aldo não podia pensar porque adorava o mano.

Era bem forte, puxara mais a mãe que o pai. Só que a gordura materna se transformava em músculos no corpo vermelho dele. Pois então, percebendo que os outros abusavam do Tino, não deixava mais que o irmão se empregasse isolado, estavam sempre juntos na construção da mesma casa. Ganhavam bem.

Naquela casinha do bairro da Lapa, a vida era de paraíso. Dona Maria lavava o que não dava o dia. O defunto marido, uma pena morrer tão cedo! fora assinzinho... Homem, até fora bom, porque isso de beber no sábado, quem que não bebe!... Paciência, lavando também se ganha. Além disso, logo os filhos tão bonzinhos principiaram trabalhando. Si a Lina fosse viva... que bonita!... Felizmente os filhos a consolavam. Lhe entregavam todo o dinheiro ganho. Gente pobre e assim é raro.

– Meus filhos, mas vocês podem precisar... Então tomem.

Aqueles dois dez milréis duravam quasi o mês inteirinho. Fumar não fumavam. Uma guaraná no domingo, de vez em quando a entrada no Recreio ou no Carlos Gomes recentemente inaugurado, nos dias dos filmes com muito anúncio.

Mas no geral os manos passavam os descansos junto da mãe. No verão iam pra porta, aquelas noites mansas, imensas da Lapa... Plão, tlão, tralharão, tão, plão, plãorrrrr... bonde passava. E o silêncio. A casa ficava um pouco apartada, sem vizinhos paredes-meias. Na frente, do outro lado da rua, era o muro da fábrica, tal-e-qual uma cinta de couro separando a terra da noite esbranquiçada pela neblina. Chaminés. A cinquenta metros outras casas. O cachorro latia, uau, uau... uau...

– Pedro diz que vai deixar o emprego.

Silêncio.

– Vamos no jogo domingo, Tino?

– Não vale a pena, o Palestra vai perder. Bianco não joga.

– Mas Amílcar.

– Você com seu Amílcar!

Silêncio. Tino não queria ir.

– E tanto pessoal, Aldo...

– Você quer, a gente vai cedo.

Silêncio. Aldo acabava fazendo a vontade do irmão.

Às vezes também algum camarada vinha conversar.

Agora? até já se comenta. Mãe que descomponha, que insulte... Mais chora que descompõe, a coitada! Lá estão os dois discutindo, ninguém sabe por quê. De repente, tapas. E Tino não apanha mais que o outro, não pense, é duma perversidade inventiva extraordinária. O irmão acaba sempre sofrendo mais do que ele. Aldo é mais forte e por isso naturalmente mais saranga. Porém paciência se esgota um dia, e quando se esgotava era cada surra no irmão! Tino ficava com a cara vermelha de tanta bofetada. Um pouco tonto dos socos. Aldo porém tinha sempre ũa mordida, ũa alfinetada, coisa assim com perigo de arruinar. Os estragos da briga duravam mais tempo nele.

Não se falavam mais. E agora cada qual andava num emprego diferente. O mais engraçado é que quando um ia no cinema o outro ia também. Sempre era o Tino que espiava Aldo sair, saía atrás.

Nunca iam à missa. De religião só tirar o chapéu quando passavam pela porta das igrejas. Por que tiravam não sabiam, tinham visto o pai fazer assim e muita gente fazia assim, faziam também, costume. Isso mesmo quando não estavam com algum companheiro que era fachista e anticlerical porque lera no *Fanfulla*. Então passavam muito indiferentes, mãos nos bolsos talvez. E não sentiam remorso algum.

Pois nesse domingo foram à N. S. da Lapa outra vez. Agora que estavam maus filhos, maus irmãos, enfim maus homens, davam pra ir na missa! Quando a reza acabou ficaram ali, no adro da igreja meia construída, cada um do seu lado, já sabe. Tino à esquerda da porta, Aldo à direita. Toda a gente foi saindo e afinal tudo acabou. Ficaram apenas alguns rapazes proseando.

Aldo voltou pra casa com uma tristeza, Tino com outra que, você vai ver, era a mesma. Até se sentiram mais irmãos por um minuto. Minuto e meio. Desejos de voltar à vida antiga... Era só cada um chegar até no meio da rua, pronto: se abraçavam chorando, "Fratello!..." Que paz viria depois! Mas, e o desespero, então? onde que leva? Reagiram contra o sentimento bom. Uma raiva do irmão... Uma raiva iminente do irmão. Dali, iam só procurar o primeiro motivo e agora que tinham mais essa tristeza por descarregar, temos tapa na certa.

Chegaram em casa e dito-e-feito: brigaram medonhamente. Porca la miseria, dava medo! Se engalfinharam mudos. Aldo, subia o sangue no rosto dele, tinha os olhos que nem fogaréu. Derrubou o mano, agarrou o corpo do outro entre os joelhos e páa! Tino se ajeitando, rilhava os dentes, muito pálido, engolindo tunda numa conta. A janela estava aberta... Dona Maria no quintal, não sei si ouviu, pressentiu com certeza, coitada! era mãe... ia entrar. Porém teve que saudar primeiro a conhecida que vinha passando no outro lado da rua. Até quis botar um riso na boca pra outra não desconfiar.

– Sabe, dona Maria, a conhecida gritava de lá, a Teresinha vai casar! Com o Alfredo.

– Ahn...

– Pois é. De repente. Bom, até logo.

– Té-logo.

O soco parou no ar, inútil, os dois manos se olharam. Viram muito bem que não havia mais razão pra brigas agora. Não havia mesmo, deviam ser irmãos outra vez. A felicidade voltava na certa e aquele sossego antigo... O soco seguiu na trajetória, foi martelar na testa do Tino, peim! seco, seco. Tino com um jeito rápido, histérico, não sei como, virou um bocado entre as pernas de Aldo. Conseguiu com as mãos livres agarrar o pulso do outro. Encolheu-se todinho em bola e mordeu onde pôde, que dentada! Aldo puxou a mão desesperado, pleque! sofreu com o estralo do dedo que não foi vida. Mas por ver sangue é que cegou.

– Morde agora, filho-da-puta!

Na garganta. Apertou. Dona Maria entrava.

– Meu filho!

– Morde agora!

Tino desesperado buscava com as mãos alargar aquele nó, sufocava. Encontrou no caminho a mão do outro e uma coisa pendente, meia solta, molhada, agarrou. E num esforço de última vida, puxou pra ver se abria a tenaz que o enforcava. Dona Maria não conseguia separar ninguém. Tino puxou, que eu disse, e de repente a mão dele sem mais resistência riscou um semicírculo no ar. Foi bater no chão aberta ensanguentada, atirando pra longe o dedo arrancado de Aldo.

– Morde agora!

Tino se inteiriçando. Abriu com os dentes uma risada lateral, até corara um pouco. Dona Maria chegava só ao portãozinho, gritando. Não podia ir mais além, lhe dava aquela curiosidade amorosa, entrava de novo. Tino se inteiriçando. Ela saía outra vez:

– Socorro! meu filho!

Meu Deus, era domingo! entrava de novo. Batia com os punhos na cabeça. Pois batesse forte com um pau na cabeça do Aldo! Mas quem disse que ela se lembrava de bater!

– Socorro! meu filho morre!

Entrava. Saía. Às vezes dava umas viravoltas, até parecia que estava dançando... Balancez, tour, era horrível.

O primeiro homem que acorreu já chegou tarde. E só três juntos afinal conseguiram livrar o morto das mãos do irmão. Aldo como que enlouquecera, olho parado no meio da testa, boca aberta com uns resmungos ofegantes.

Levaram ele preso. Dona Maria é que nem sei como não enlouqueceu de verdade. Berrava atirada sobre o cadáver do filho, porém quando o outro foi-se embora na ambulância, até bateu nos soldados. Foram brutos com ela. Esses soldados da Polícia são assim mesmo, gente mais ordinária que há! ũa mãe... compreende-se que tivesse atos inconscientes! pois tivessem paciência com ela! Que paciência nem mané paciência! em vez, davam cada empurrão na pobre...

– Fique quieta, mulher, sinão levo você também!

Fecharam a portinhola e a sereia cantou numa fermata de "Addio" rumo da correição.

Seguiu-se toda a miséria do aparelho judiciário. Solidão. Raciocínio. O julgamento. Aldo saiu livre. Pra que vale um dedo perdido? Caso de legítima defesa complicada com perturbação de sentidos, é lógico, art. 32, art. 27 § 4º... A medicina do advogadinho salvou o réu.

Recomeçou no trabalho. Muito silencioso sempre, sossegado, parecia bom. Às vezes parava um pouco o gesto como que refletindo. Afinal todos na obra acabaram esquecendo o passado e Aldo encontrou simpatias. Camaradagens até. Não: camaradagem não, porque não dava mais que duas palavras pra cada um. Mas muitos operários simpatizavam com ele. São coisas que acontecem, falavam, e a culpa fora do mano, a prova é que Aldo saíra livre. E o dedo.

Mas o caso não terminou. Um dia Aldo desapareceu e nem semana depois encontraram ele morto, já bem podrezinho, num campo. Quem seria? Procura daqui, procura dali, a Polícia de São Paulo, você sabe, às vezes é feliz, acabaram descobrindo que o assassino era o marido da Teresinha.

E por que, agora? ninguém não sabia. A pobre da Teresinha é que chorava agarrada nos dois filhinhos imaginando por que seria que o marido matara esse outro. De que se lembrava muito vagamente, é capaz que dançei com ele numa festa? Mas não lembrava bem, tantos moços... E não pertencera ao grupinho dela. Mas que o Alfredo era bom, ela jurava.

– Meu marido está inocente! repetia cem vezes inúteis por dia.

O Alfredo gritava que fora provocado, que o outro o convidara pra irem ver uma casa, não sei o quê! pra irem ver um terreno, e de repente se atirara sobre ele quando atravessavam o campo... Então pra que não veio contar tudo logo! Em vez: continuou tranquilo indo no serviço todo santo dia, muito satisfeito..., que "fascínora"! Toda a gente estava contra ele, o Aldo tão quieto!...

O advogado devassou a série completa dos argumentos de defesa própria. E lembrou com termos convincentes que o Alfredo era bom. Afinal vinte-e-dois anos de honestidade e bom-comportamento provam alguma coisa, senhores jurados! E a Teresinha com as duas crianças ali, chorosa... Grupo comovente. O maior, de quinze meses, procurava enfiar o caracaxá vermelho na boca da mãe. Não brinque com essa história de isolar sempre que falo em mãe, o caso é triste. Pois tudo inútil, o criminoso estava com todos os dedos. Foi condenado a nem sei quantos anos de prisão.

A Teresinha lavava roupa, costurava, mas qual! com filho de ano e pouco e outro mamando, trabalhava mal. E, parece incrível! inda por cima com a mãe nas costas, velha, sem valer nada... Si ao menos soubesse aonde que estavam esses irmãos pelas fazendas... Mas não ajudariam, estou certo disso, uns desalmados que nunca deram sinal de si... Então desesperava, ralhava com a mãe, dava nos pequenos que era uma judiaria.

A sogra, essa quando chegava até o porão da nora, trazia ũa esmola entre pragas, odiava a moça. Adivinhava muito, com instinto de mãe, e odiava a moça. Amaldiçoava os netos. Os dez milréis sobre um monte de insultos ficavam ali atirados, aviltantes, relumeando no escuro. Teresinha pegava neles, ia comprar coisas pra si, pros filhos, como ajudavam! Ainda sobrava um pouco pra facilitar o pagamento do aluguel no mês seguinte. Mas não lhe mitigavam a desgraça.

Também lhe faziam propostas, que inda restavam bons pedaços de mulher no corpo dela. Recusava com medo do marido ao sair da prisão, um assassino, credo!

Teresinha era muito infeliz.

PIÁ NÃO SOFRE? SOFRE.

B*elazarte me contou:*

Você inda está lembrado da Teresinha? aquela uma que assassinou dois homens por tabela, os manos Aldo e Tino, e ficou com dois filhos quando o marido foi pra correição?... Parece que o sacrifício do marido tirou o mau-olhado que ela tinha: foi desinfeliz como nenhuma, porém ninguém mais assassinou por causa dela, ninguém mais penou. Só que o Alfredo lá ficou no palácio chique da Penitenciária, ruminando os vinte anos de prisão que a companheira fatalizada tinha feito ele engolir. Injustiça, amargura, desejo..., tantas coisas que muito bucho não sabe digerir com paciência, resultado: o Alfredo teve uma dessas indigestões tamanhas de desespero que ficou dos hóspedes mais incômodos da Penitenciária. Ninguém gostava dele, e o amargoso atravessava o tempo do castigo num areião difícil e sem fim de castiguinhos. Estou perdendo tempo com ele.

A Teresinha sofria, coitada! ainda semiboa no corpo e com a pabulagem de muitos querendo intimidades com ela ao menos por uma noite paga. Recusou, de primeiro pensando no Alfredo gostado, em seguida pensando no Alfredo assassino. Estava já no quasi, porém vinha sempre aquela ideia do Alfredo saindo da correição com uma faca nova pra destripá-la. E a virtude se conservava num susto frio, sem nenhum gosto de existir. Teresinha voltava pra casa com uma raiva desempregada, que logo descarregava na primeira coisa mais frouxa que ela. Enxergava a mãe morrendo em pé por causa da velhice temporã, pondo cinco minutos pra recolher uma ceroula do coaral, pronto: atirava a trouxa de roupa-suja na velha:

– A senhora é capaz que vai dormir com a ceroula na mão!

Entrava. Podia-se chamar de casa aquilo! Era um rancho de tropeiro onde ninguém não mora, de tão sujo. Dois aspectos de cadeira, a mesa, a cama. No assoalho havia mais um colchão, morado pelas baratas que de-noite dançavam na cara da velha o torê natural dos bichinhos desta vida.

No outro quarto ninguém dormia. Ficou feito cozinha dessa família passando muitas vezes dois dias sem fósforo acendido. Porque fósforo aceso quer dizer carvão no fogãozinho portátil e algum desses alimentos de se cozinhar. E muitas vezes não havia alimento de se cozinhar... Mas isso não fazia mal pro dicionário da Teresinha e da mãe, fogareiro não estava ali? E o dicionário delas dera pra aqueles estreitos metros cúbicos de ar mofado o nome estapafúrdio da cozinha.

Nessa espécie de tapera a moça vivia com a mãe e o filhote de sobra. De sobra em todos os sentidos, sim. Sobrava porque afinal amor pra Teresinha, meu Deus! vivendo entre injustiças de toda a sorte, desejando homem pro corpo e não tendo, se esquecendo do Alfredo gostado pelo Alfredo ameaçando e já com morte na consciência... E só tendo na mão consolada pela água pura, ceroulas, calças, meias com mais de sete dias de corpo suado... E além do mais, odiando uns fregueses sempre devendo a semana retrasada... Tudo isso a Teresinha aguentava. E pra tampar duma vez todos os vinhos do amor, inda por cima chegava a peste da sogra amaldiçoada, odiada mas desejada por causa dos dez milréis deixados mensalmente ali. A figlia dum cane vinha, emproada porque tinha de seu aí pra uns trinta contos, nem sei, e desbaratava com ela por um nadinha.

Podia ter amor ũa mulher já feita, com trinta anos de seca no prazer, corpo cearense e alma ida-se embora desde muito!... E o Paulino, faziam já quasi quatro anos, dos oito meses de vida até agora, que não sabia o que era calor de peito com seio, dois braços apertando a gente, uma palavra "figliuolo mio" vinda em cima dessa gostosura, e a mesma boca enfim se aproximando da nossa cara, se ajuntando num chupão leve que faz bulha tão doce, beijo de nossa mãe...

Paulino sobrava naquela casa.

E sobrava tanto mais, que o esperto do maninho mais velho, quando viu que tudo ia mesmo por água a baixo, teve um anjo-da-guarda caridoso que depositou na língua do felizardo o micróbio do tifo. Micróbio foi pro barriguinha dele, agarrou tendo filho e mais filho a milhões por hora, e nem passaram duas noites, havia lá por dentro um footing tal da microbiada marchadeira, que o asfaltinho das tripas se gastou. E o desbatizado foi pro limbo dos pagãos sem culpa. Sobrou Paulino.

É lógico que ele não podia inda saber que estava sobrando assim tanto neste mundo duro, porém sabia muito bem que naquela casa não sobrava nada pra comer. Foi crescendo na fome, a fome era o alimento dele. Sem pôr consciência nos mistérios do corpo, ele acordava assustado. Era o anjo... que anjo-da-guarda! era o anjo da malvadeza que acordava Paulino altas horas pra ele não morrer. O desgraçadinho abria os olhos na escuridão cheirando rúim do quarto, e inda meio que percebia que estava se devorando por dentro. De primeiro ele chorava.

– Stá zito, guaglion!

Que "stá zito" nada! Fome vinha apertando... Paulino se levantava nas penas de arco, e balanceando chegava afinal junto à cama da mãe. Cama... A cama grande ela vendeu quando esteve uma vez com a corda na garganta por causa do médico pedindo aquilo ou vinte bagarotes pela cura do pé arruinado. Deu os vinte vendendo a cama. Cortou o colchão pelo meio e botou a metade sobre aqueles três caixões. Essa era a cama.

Teresinha acordava da fadiga com a mãozinha do filho batendo na cara dela. Ficava desesperada de raiva. Atirava a mão no escuro, acertasse onde acertasse, nos olhos, na boca-do-estômago, pláa!... Paulino rolava longe com uma vontade legítima de botar a boca no mundo. Porém o corpo lembrava duma feita em que a choradeira fizera o salto do tamanco vir parar mesmo na boca dele, perdia o gosto de berrar. Ficava choramingando tão manso que até embalava o sono da Teresinha. Pequenininho, redondo, encolhido, talqualmente tatuzinho de jardim.

O sofrimento era tanto que acabava desprezando os pinicões da fome, Paulino adormecia de dor. De madrugada, o tempo esfriando acordava o corpo dele outra vez. Meio esquecido, Paulino espantava de se ver dormindo no assoalho, longe do colchão da vó. Estava com uma dorzinha no ombro, outra dorzinha no joelho, outra dorzinha na testa, direito no lugar encostado no chão. Percebia muito pouco as dorzinhas, por causa da dor guaçu do frio. Engatinhava medroso, porque a escureza estava já toda animada com as assombrações da aurora, abrindo e fechando o olho das frestas. Espantava as baratas e se aninhava no calor ilusório dos ossos da avó. Não dormia mais.

Afinal, ali pelas seis horas, já familiarizado com a vida por causa dos padeiros, dos leiteiros, dos homens cheios de comidas que passavam lá longe, um calor custoso nascia no corpo de Paulino. Porém a mãe também já estava acordando com as bulhas da vida. Sentada, vibrando com a sensualidade matinal que bota a gente louco de vontade, a Teresinha quasi se arrebentava, apertando os braços contra a peitaria, o ventre e tudo, forçando tanto uma perna contra a outra que sentia uma dor nos rins. Nascia nela esse ódio impaciente e sem destino, que vem da muita virtude conservada a custo de muita miséria, virtude que ela mesma estava certa, mais dia menos dia tinha de se acabar. Procurava o tamanco, dando logo o estrilo com a mãe, "si não sabia que não era mais hora de estar na cama", que fosse botar água na tina, etc.

Então Paulino, antes das duas mulheres, abandonava o calor nascente do corpo. Ia já rondar a cozinha porque estava chegando o momento mais feliz da vida dele: o pedaço de pão. E que domingo pra Paulino quando, porque um freguês pagou, porque a sogra apareceu, coisa assim, além do pão, bebiam café com açúcar!... Chupava depressa, queimando a língua e os beicinhos brancos, aquela água quente, sublime de gostosa por causa duma pitadinha de café. E saía comer o pão lá fora.

Na frente da casa não, era lá que ficavam a torneira, as tinas e o coaral. As mulheres estavam fazendo suas lavagens de roupa e era ali na piririca: briga e descompostura o tempo todo. Quem pagava era o reinação do

Paulino. Acabava sempre com um pão mal comido e algum cocre de inhapa bem no alto do coco, doendo fino.

Deixou de ir para lá. Abria a porta só encostada da cozinha, descia o degrau, ia correcorrendo se rir pra alegria do frio companheiro, por entre os tufos de capim e as primeiras moitas de carrapicho. Esse matinho atrás da casa era a floresta. Ali Paulino curtia as penas sem disfarce. Sentado na terra ou dando com o calcanhar nos olhos dos formigueiros, principiava comendo. De repente quasi caía levantando a perninha, ai! do chão, pra matar a saúva ferrada no tornozelinho de bico. Erguia o pão caído e recomeçava o almoço, achando graça no requetreque que a areia ficada no pão, ganzava agora nos dentinhos dele.

Mas não esquecia da saúva não. Pão acabado, surgia, distraindo a fome nova, o guerreiro crila. Procurava uma lasca de pau, ia caçar formigas no matinho. Afinal, matinho não muito pequeno porque dava atrás na várzea, e não havia sinão um lembrete de cerca fechando o terreno. Mas nunca Paulino penetrou na várzea que era grande demais pra ele. Lhe bastava aquele matinho gigante, sem planta com nome, onde o sol mais preguiça nunca deixava de entrar.

Graveto em punho lá ia em busca de saúva. As formiguinhas menores, não se importava com elas não. Só arremetia contra saúva. Quando achava uma, perseguia-a paciente, rompendo entre os ramos entrançados dos arbustos, donde muitas vezes voltava com a mão, a perna ardendo por ter ralado nalgum mandarová. Trazia a saúva pro largo e levava horas brincando com a desgraçadinha, até a desgraçadinha morrer.

Quando ela morria, o sofrimento recomeçava pra Paulino, era fome. O sol já estava alto, porém Paulino sabia que só depois das fábricas apitarem havia de ter feijão com arroz nos tempos ricos, ou novo pedaço de pão nos tempos felizmente mais raros. Batia uma fome triste nele que outra saúva combatida não conseguia distrair mais. Banzava na desgraça, melancolizado com a repetição do sofrimento cotidiano. Sentava em qualquer coisa, descansando a bochecha na mão, cabeça torcidinha, todo penaroso. Afinal, nalguma sombra rendada, aprendeu a dormir de fome. Adormecia. Sonhava não. As moscas vinham lhe bordando de asas e zumbidos a boquinha aberta, onde um resto de adocicado ficou. Paulino dormindo fecha de repente os beiços caceteados, se mexe, abre um pouco as perninhas encolhidas e mija quente em si.

Sono curto. Acordou muito antes das fábricas apitarem. Mastigou a boca esfomeada, recolheu com a língua os sucos perdidos nos beiços. Requetreque da areia e uma coisinha meia doce no paladar. Tirou com a mão pra ver o que era, eram duas moscas. Moscas sim, porém era meio adocicado. Tornou a botar as moscas na língua, chupou o gostinho delas, engoliu.

Foi assim o princípio dum disfarce da fome por meio de todas as coisas engolíveis do matinho. Não tardou muito e virou "papista" como se diz: trocou a caça das saúvas pelos piqueniques de terra molhada. Comer formiga então... Junto dos montinhos dos formigueiros encostava a cara no chão com a língua pronta. Quando formiga aparecia, Paulino largava a língua hábil, grudava nela a formiga, e a esfregando no céu-da-boca sentia um redondinho infinitesimal. Punha o redondinho entre os dentes, trincava e engolia o guspe ilusório. E que ventura si topava com alguma correição! De gatinhas, com o fiofó espiando as nuvens, lambia o chão tamanduamente. Apagava uma carreira viva de formiga em três tempos.

Nessa esperança de matar a fome, Paulino foi descendo a coisas nojentas. Isto é, descendo, não. Era incapaz de pôr jerarquia no nojo, e até o último comestível inventado foi formiga. Porém não posso negar que uma vez até uma barata... Agarrou e foi-se embora mastigando, mais inocente que vós, filhos dos nojos. Porém, compreende-se: eram alimentos que não davam sustância nenhuma. Fábrica apitava e o arroz-com-feijão vinha achar Paulino empanturrado de ilusões, sem fome. Pegou aniquilando, escurecendo que nem dia de inverno.

Teresinha não reparava. O buçal da virtude estava já tão gasto que via-se o momento da moça desembestar livre, vida fora. Foi o tempo em que tapa choveu por todas as partes de Paulino cegamente, caísse onde caísse. Quando ela vinha pra casa já escutava a companhia do Fernandez, carroceiro. Era um mancebo de boa tradição, desempenado, meio lerdo, porém com muita energia. Devia de ter vinte-e-cinco anos, si tinha! e se engraçou pela envelhecida, quem quiser saiba por que. Buçal arrebentou. Quando ele pôde carregar a trouxa pra ela, veio até a casa, entrou que nem visita, e Teresinha ofereceu café e consentimento. A velha, sujando a língua com os palavrões mais incompreensíveis, foi dormir na cozinha com Paulino espantado.

Em todo caso a boia milhorou, e o barrigudinho conheceu o segredo da macarronada. Só que tinha muito medo do homem. Fernandez fizera uma festinha pra ele na primeira aparição, e quando saiu do quarto de-manhã e beberam café todos juntos, Paulino confiado foi brincar com a perna comprida do homem. Mas tomou com um safanão que o fez andar de orelha murcha um tempo.

É lógico que a sogra havia de saber daquilo, soube e veio. Teresinha muito fingida falou bom-dia pra ela e a mulatona respondeu com duas pedras na mão. Porém agora Teresinha não carecia mais da outra e refricou, assanhada feito irara. Bateboca tremendo! Paulino nem tinha pernas pra abrir o pala dali, porque a velha apontava pra ele, falando "meu neto" que mais "meu neto" sem parada. E mandava que Teresinha agora se arranjasse, porque não estava pra sustentar cachorrice de italiana acueirada com espanhol. Teresinha secundava gritando que espanhol era muito mais milhor que brasileiro, sabe! sua filha de negro! mãe de assassino! Não careço da senhora, sabe! mulata! mulatona! mãe de assassino!

– Mãe de assassino é tu, sua porca! Tu que fez meu filho sê infeliz, maldiçoada do diabo, carcamana porca!

– Saia já daqui, mãe de assassino! A senhora nunca se amolou com seu neto, agora vem com prosa aí! Leve seu neto si quiser!

– Pois levo mesmo! coitadinho do inocente que não sabe a mãe que tem, sua porca! porca!

Suspendeu Paulino esperneando, e lá se foi batendo salto, ajeitando o xale de domingo, por entre as curiosas raras do meidia. Inda virou, aproveitando a assistência, pra mostrar como era boa:

– Escute! Vocês agora, não pago mais aluguel de casa pra ninguém, ouviu! Protegi você porque era mulher de meu filho desgraçado, mas não tou pra dar pouso pra égua, não!

Mas a Teresinha, louca de ódio, já estava olhando em torno pra encontrar um pau, alguma coisa que matasse a mulatona. Esta achou milhor partir duma vez, triunfante ploque ploque.

Paulino ia ondulando por cima daquelas carnes quentes. Chorava assustado, não tendo mais noção da vida, porque a rua nunca vista, muita gente, aquela mulher estranha e ele sem mãe, sem pão, sem matinho, sem vó... não sabia mais nada! meu Deus! como era desgraçado! Teve um medo pavoroso no corpinho azul. Inda por cima não podia chorar à vontade porque reparara muito bem, a velha tinha um sapatão com salto muito grande, pior que tamanco. Devia de ser tão doído aquele salto batendo no dentinho, rasgando o beiço da gente... E Paulino horrorizado enfiava quasi as mãozinhas na boca, inventando até bem artisticamente a função da surdina.

– Pobre de meu neto!

Com a mão grande e bem quente pegou na cabecinha dele, ajeitando-a no pescoço de borracha. Carregado gostoso naqueles braços bons, com o xale dando inda mais quentura pra gente ser feliz... E a velha olhou pra ele com olhos de piedade confortante... Meu Deus! que seria aquilo tão gostoso!... É assomo de ternura, Paulino. A velha apertou-o no peito abraçando, encostou a cara na dele, e depois deu beijos, beijos, revelando pro piá esse mistério maior.

Paulino quis sossegar. Pela primeira vez na vida o conceito de futuro se alargou até o dia seguinte na ideia dele. Paulino sentiu que estava protegido, e no dia seguinte havia de ter café-com-açúcar na certa. Pois a velha não chegara a boca ajuntada bem na cara dele e não dera aquele chupão que barulhava bom? Dera. E a ideia de Paulino se encompridou até o dia seguinte, imaginando um canecão do tamanho da velha, cheinho de café--com-açúcar. Foi se rir pras duas lágrimas piedosas dela, porém bem no meio da gota apareceu uma botina que foi crescendo, foi crescendo e ficou com um tacão do tamanho da velha. Paulino reprincipiou chorando baixo, que nem nas noites em que o acalanto da manha embalava o sono da Teresinha.

– Ara! também agora basta de chorar! Ande um pouco, vamos!

O salto da botina encompridou enormemente e era a chaminé do outro lado da rua. O pranto de Paulino parou, mas parou engasgado de terror. Chegaram.

Esta era uma casa de verdade. Entrava-se no jardinzinho com flor, que até dava vontade de arrancar as semprevivas todas, e, subida a escadinha, havia uma sala com dois retratos grandes na parede. Um homem e uma mulher que era a velha. Cadeiras, uma cadeira grande cabendo muita gente nela. Na mesinha do meio um vaso com uma flor cor-de-rosa que nunca murchou. E aquelas toalhinhas brancas nas cadeiras e na mesa, que devia distrair a gente contando tantas bolotinhas...

O resto da casa assombrou desse mesmo jeito o despatriado. Depois apareceram mais duas moças muito lindas, que sempre viveram de saia azul-marinho e blusa branca. Olharam duras pra ele. Aqueles quatro olhos negros desceram lá do alto e tuque! deram um cocre na alma de Paulinho. Ele ficou tonto, sem movimento, grudado no chão.

Daí foi uma discussão terrível. Não sei o que a velha falou, e uma das normalistas respondeu atravessado. A velha asperejou com ela falando no "meu neto". A outra respondeu gritando e uma tormenta de "meu neto" e "seu neto" relampagueou alto sobre a cabeça de Paulino. A história foi piorando. Quando não teve mais agudos pras três vozes subirem, a velha virou um bofete na filha da frente, e a outra fugindo escapou de levar com a colher bem no coco.

A invenção de Paulino não podia ajuntar mais terrores. E o engraçado é que o terror pela primeira vez despertou mais a inteligência dele. O conceito de futuro que fazia pouco atingira até o dia seguinte, se alongou, se alongou até demais, e Paulino percebeu que entre raivas e maus-tratos havia de passar agora o dia seguinte inteiro e o outro dia seguinte e outro, e nunca mais haviam de parar os dias seguintes assim. É lógico: sem ter a soma dos números, mais de três mil anos de dias seguintes sofridos, se ajuntaram no susto do piá.

– Vá erguer aquela colher!

As metades do arco se moveram ninguém sabe como, Paulino levantou a colher do chão que deu pra velha. Ela guardou a colher e foi lá dentro. A varanda ficou vazia. Estava tudo arranjado, e as sombras da tarde rápida entravam apagando as coisas desconhecidas. Só a mesa do centro inda existia nitidamente, riscada de vermelho e branco. Paulino foi se encostar na perna dela. Tremia de medo. Chiava um cheiro gostoso lá dentro, e da sombra da varanda um barulhinho monótono, tique-taque, regulava as sensações da gente. Paulino sentou no chão. Uma calma grande foi cobrindo o pensamento aniquilado: estava livre do tacão da velha. Ela não era que nem a mãe não. Quando tinha raiva não atirava botina, atirava uma colher levinha, brilhando de prateada. Paulino se encolheu deitado, encostando a cabeça no chão.

Estava com um sono enorme de tanto cansaço nos sentimentos. Não havia mais perigo de receber com tamanco no dentinho, a mulatona só atirava aquela colher prateada. E Paulino ignorava se colher doía muito, batendo na gente. Adormeceu bem calmo.

– Levante! que é isso agora! Como esse menino deve ter sofrido, Margot! Olhe a magreira dele!

– Pudera! com a mãe na gandaia, festando dia e noite, você queria o que, então!

– Margot... você sabe bem certo o que quer dizer puta, hein? Eu acho que a gente pode falar que Paulino é filho-da-puta, não?

Se riram.

– Margot!

– Senhora!

– Mande Paulino aqui pra dar comida pra ele!

– Vá lá dentro, menino!

As pernas de arco balançaram mais rápidas. Uma cozinha em que a gente não podia nem se mexer. A velha boa inda puxou o capacho da porta com o pé:

– Sente aí e coma tudo, ouviu!

Era arroz-com-feijão. A carne, Paulino viu com olho comprido ela desaparecer na porta da varanda. Menino de quatro anos não come carne, decerto imaginou a velha, meia em dificuldades sempre com a educação das filhas.

E a vida mudou de misérias pra Paulino, mas continuou a sempre miserável. Boia milhorou muito e não faltava mais, porém Paulino estava sendo perseguido pelos vícios do matinho. Nunca mais a mulatona teve daqueles assomos de ternura do primeiro dia, era uma dessas cujo mecanismo de vida não difere muito do cumprimento do dever. Aquele beijo fora sincero, mas apenas dentro das convenções da tragédia. Tragédia acabara e com ela a ternura também. E no entanto ficara muito em Paulino a saudade dos beijos...

Quis se chegar pras moças porém elas tinham raiva dele, e podendo, beliscavam. Assim mesmo a mais moça, que era uma curiosa do apá-virado e nunca tirava as notas de Margot na escola, Nininha, é que tomara pra si dar banho no Paulino. Quando chegava no sábado, o pequeno meio espantado e muito com medo de beliscão, sentia as carícias dum rosto lindo em fogo se esfregando no corpinho dele. Acabava sempre aquilo, a menina com uma raiva bruta, vestindo depressa a camisolinha nele, machucando, "fica direito, peste!" pronto: um beliscão que doía tanto, meu Deus!

Paulino descia a escada da cozinha, ia muito jururu pelo corredorzinho que dava no jardim da frente, puxava com esforço o portão sempre encostado, sentava, punha a mão na bochecha, cabecinha torcida pro lado e ficava ali, vendo o mundo passar.

E assim, entre beliscões e palavras duras que ele não entendia nada, "menino fogueto", "filho de assassino", ele também passava feito o mundo: magro escuro terroso, cada vez se aniquilando mais. Mas o que que havia de fazer? Bebia o café e já falavam que fosse comer o pão no quintal sinão, porco! sujava a casa toda. Ia pro quintal, e a terra estava tão úmida, era uma tentação danada! Nem ele punha reparo que era uma tentação porque nenhum cocre, nenhuma colherada, o proibira de comer terra. Treque--trrleque, mastigava um bocadinho, engolia, mastigava outro bocadinho, engolia. E ali pelas dez horas sempre, com a pressa das normalistas assombrando a calma da vida, tinha que assentar naquele capacho pinicando, tinha que engolir aquele feijão-com-arroz num fastio impossível...

– Minha Nossa Senhora, esse menino não come! Ói só com que cara ele olha pra comida! Pra que que tu suja a cara de terra desse jeito, hein, seu porcalhão!

Paulino assustava, e o instinto fazia ele engolir em seco esperando a colherada nunca vinda. Porém desta vez a velha tivera uma iluminação no mecanismo:

– Será que!... Você anda comendo terra, não! Deixe ver!

Puxou Paulino pra porta da cozinha, e com aquelas duas mãos enormes, queimando de quentes:

– Abra a boca, menino!

E arregaçava os beiços dele. Terra nos dentinhos, na gengiva.

– Abra a boca, já falei!

E o dedo escancarava a boquinha terrenta, língua aparecendo até a raiz, todinha da cor do barro. A sova que Paulino levou nem se conta! Principiou com o tapa na boca aberta, que até deu um som engraçado, bóo!

e não posso falar como acabou de tanta mistura de cocre beliscão palmadas. E palavreado, que afinal pra criancinha é tabefe também.

Então é que principiou o maior martírio de Paulino. Dentro da casa, nenhuma queria que ele ficasse, tinha mesmo que morar no quintal. Antes do pão porém, já vinha uma sova de ameaças, tão dura, palavra-de-honra: Paulino descia a escadinha completamente abobado, sentindo o mundo bater nele. E agora?... Pão acabou e a terra estava ali toda oferecida chamando. Mas aquelas três beliscadoras não queriam que ele comesse a terra gostosa... Oh tentação pro pobre santantoninho! queria comer e não podia. Podia, mas depois lá vinha de hora em hora o dedão da velha furando a boquinha dele... Como?... Não como?... Fugia da tentação, subia a escadinha, ficava no alto sentado, botando os olhos na parede pra não ver. E a terra sempre chamando ali mesmo, boa, inteirinha dele, cinco degraus fáceis embaixo...

Felizmente não sofreu muito não. Três dias depois, não sei si brincou na porta com os meninos de frente, apareceu tossindo. Tosse aumentou, foi aumentando, e afinal Paulino escutou a velha falar, fula de contrariedade, que era tosse-de-cachorro. Si haviam de levar o menino no médico, em vez, vamos dar pra ele o xarope que dona Emília ensinou. Nem xarope de dona Emília, nem os cinco milréis ficados no boticário mais chué do bairro sararam o coitadinho. Tinha mesmo de esperar a doença, de tanto não encontrando mais sonoridade pra tossir, ir-se embora sozinha.

O coitado nem bem sentia a garganta arranhando, já botava as mãozinhas na cabeça, inquieto muito! engolindo apressado pra ver se passava. Ia procurando parede pra encostar, vinha o acesso. Babando, olho babando, nariz babando, boca aberta não sabendo fechar mais, babando numa conta. O coitadinho sentava no lugar onde estava, fosse onde fosse porque sinão caía mesmo. Cadeira girava, mesa girava, cheiro de cozinha girava. Paulino enjoado atordoado, quebrado no corpo lodo.

– Coitado. Olhe, vá tossir lá fora, você está sujando todo o chão, vá!

Ele arranjava jeito de criar força no medo, ia. Vinha outro acesso, e Paulino deitava, boca beijando a terra mas agora sem nenhuma vontade de comer nada. Um tempo estirado passava. Paulino sempre na mesma posição. Corpo nem doía mais, de tanto abatimento, cabeça não pensando mais, de tanto choque aguentado. Ficava ali, e a umidade da terra ia piorar a tosse e havia de matar Paulino. Mas afinal aparecia uma forcinha, e vontade de levantar. Vai levantando. Vontade de entrar. Mas podia sujar a casa e vinha o beliscão no peitinho dele. E não valia de nada mesmo, porque mandavam ele pra fora outra vez...

Era de-tarde, e os operários passavam naquela porção de bondes... enfim divertia um bocado pelo menos os olhos ramelosos. Paulino foi sentar no portão da frente. A noite caía agitando vida. Um ventinho poento de abril vinha botar a mão na cara da gente, delicado. O sol se agarrando na crista longe da várzea, manchava de vermelho e verde o espaço fatigado. Os grupos de operários passando ficavam quasi negros contra a luz. Tudo estava muito claro e preto, incompreensível. Os monstros corriam escuros, com moços dependurados nos estribos, badalando uma polvadeira vermelha na calçada. Gente, mais monstros e os cavalões nas bonitas carroças.

Nesse momento a Teresinha passou. Vinha nuns trinques, só vendo! sapato amarelado e meia roseando uma perna linda mostrada até o joelho. Por cima um vestido azul claro mais lindo que o céu de abril. Por cima a cara da mamãe, que beleza! com aquele cabelo escuro fazendo um birote luzido, e os bandós azulando de napolitano o moreno afogueado pelas cores de Paris.

Paulino se levantou sem saber, com uma burundanga inexplicável de instintos festivos no corpo, "Mamma!" que ele gritou. Teresinha virou chamada, era o figliuolo. Não sei o que despencou na consciência dela, correu ajoelhando a sedinha na calçada, e num transporte, machucando bem delicioso até, apertou Paulino contra os peitos cheios. E Teresinha chorou porque afinal das contas ela também era muito infeliz. Fernandez dera o fora nela, e a indecisa tinha moçado duma vez. Vendo Paulino sujo, aniquiladinho, sentiu toda a infelicidade própria, e meia que desacostumou de repente da vida enfeitada que andava levando, chorou.

Só depois é que sofreu pelo filho, horroroso de magro e mais frágil que a virtude. Decerto estava sofrendo com a mulatona da avó... Um segundo matutou levar Paulino consigo. Porém, escondendo de si mesma o pensamento, era incontestável que Paulino havia de ser um trambolho pau nas pândegas. Então olhou a roupinha dele. De fazenda boa não era, mas enfim sempre servia. Agarrou nesse disfarce que apagava a consciência, "meu filho está bem tratado", pra não pensar mais nele nunca mais. Deu um beijo na boquinha molhada de gosma ainda, procurou engolir a lágrima, "figliuolo", não foi possível, apertou muito, beijou muito. Foi-se embora arranjando o vestido.

Paulino de-pezinho, sem um gesto, sem um movimento, viu afinal lá longe o vestido azul desaparecer. Virou o rostinho. Havia um pedaço de papel de embrulho, todo engordurado, rolando engraçado no chão. Dar três passos pra pegá-lo... Nem valia a pena. Sentou de novo no degrau. As cores da tarde iam cinzando mansas. Paulino encostou a bochecha na palminha da mão e meio enxergando, meio escutando, numa indiferença exausta, ficou assim. Até a gosma escorria da boca aberta na mão dele. Depois pingava na camisolinha. Que era escura pra não sujar.

BRIGA DAS PASTORAS

Chegáramos à sobremesa daquele meu primeiro almoço no engenho e embora eu não tivesse a menor intimidade com ninguém dali, já estava perfeitamente a gosto entre aquela gente nordestinamente boa, impulsivamente generosa, limpa de segundos pensamentos. E eu me pus falando entusiasmado nos estudos que vinha fazendo sobre o folclore daquelas zonas, o que já ouvira e colhera, a beleza daquelas melodias populares, os bailados, e a esperança que punha naquela região que ainda não conhecia. Todos me escutavam muito leais, talvez um pouco longínquos, sem compreender muito bem que uma pessoa desse tanto valor às cantorias do povo. Mas concordando com efusão, se sentindo satisfeitamente envaidecidos daquela riqueza nova de sua terra, a que nunca tinham atentado bem.

Foi quando, estávamos nas vésperas do Natal, da "Festa" como dizem por lá, sem poder supor a possibilidade de uma rata, lhes contei que ainda não vira nenhum pastoril, perguntando se não sabiam da realização de nenhum por ali.

– Tem o da Maria Cuncau, estourou sem malícia o Astrogildo, o filho mais moço, nos seus treze anos simpáticos e atarracados, de ótimo exemplar "cabeça chata".

Percebi logo que houvera um desarranjo no ambiente. A sra. dona Ismália, mãe do Astrogildo, e por sinal que linda senhora de corpo antigo, olhara inquieta o filho, e logo disfarçara, me respondendo com firmeza exagerada:

– Esses brinquedos já estão muito sem interesse por aqui... (As duas moças trocavam olhares maliciosos lá no fundo da mesa, e Carlos, a esperança da família, com a liberdade dos seus vinte-e-dois anos, olhava a mãe com um riso sem ruído, espalhado no rosto). Ela porém continuava firme: pastoril fica muito dispendioso, só as famílias é que faziam... antigamente. Hoje não fazem mais...

Percebi tudo. A tal de Maria Cuncau certamente não era "família" e não podia entrar na conversa. Eu mesmo, com a maior naturalidade, fui desviando a prosa, falando em bumba-meu-boi, cocos, e outros assuntos que me vinham agora apenas um pouco encurtados pela preocupação de disfarçar. Mas o senhor do engenho, com o seu admirável, tão nobre quanto antidiluviano cavanhaque, até ali impassível à indiscrição do menino, se atravessou na minha fala, confirmando que eu deveria estar perfeitamente à vontade no engenho, que os meus estudos haviam naturalmente de me prender noites fora de casa, escutando os "coqueiros", que eu agisse com toda a liberdade, o Carlos havia de me acompanhar. Tudo sussurrado com lentidão e uma solicitude suavíssima que me comoveu. Mas agora, com exceção do velho, o malestar se tornara geral. A alusão era sensível e eu mesmo estava quase estarrecido, se posso me exprimir assim. Por certo que a Maria Cuncau era pessoa de importância naquela família, não podia imaginar o que, mas garantidamente não seria apenas alguma mulher perdida, que causasse desarranjo tamanho naquele ambiente.

Mas foi deslizantemente lógico todos se levantarem pois que o almoço acabara, e eu senti dever uma carícia à sra. dona Ismália, que não podia mais evitar um certo abatimento naquele seu mutismo de olhos baixos. Creio que fui bastante convincente, no tom filial que pus na voz pra lhe elogiar os maravilhosos pitus, porque ela me sorriu, e nasceu entre nós um desejo de acarinhar, bem que senti. Não havia dúvida: Maria Cuncau devia ser uma tara daquela família, e eu me amaldiçoava de ter falado em pastoris. Mas era impossível um carinho entre mim e a dona da casa, apenas conhecidos de três horas; e enquanto o Carlos ia ver se os cavalos estavam prontos para o nosso passeio aos partidos de cana, fiquei dizendo coisas meio ingênuas, meio filiais à sra. dona Ismália, jurando no íntimo que não iria ao Pastoril da Maria Cuncau. E como num momento as duas moças, ajudando a criadinha a tirar a mesa, se acharam ausentes, não resisti mais, beijei a mão da sra. dona Ismália. E fugi para o terraço, lhe facilitando esconder as duas lágrimas de uma infelicidade que eu não tinha mais direito de imaginar qual.

O senhor do engenho examinava os arreios do meu cavalo. Lhe fiz um aceno de alegria e lá partimos, no arranco dos animais fortes, eu, o Carlos, e mais o Astrogildo num petiço atarracado e alegre que nem ele. A mocidade vence fácil os malestares. O Astrogildo estava felicíssimo, no orgulho vitorioso de ensinar o homem do sul, mostrando o que era boi, o que era carnaúba; e das próprias palavras do mano, Carlos tirava assunto pra mais verdadeiros esclarecimentos. Maria Cuncau ficara pra trás, totalmente esquecida.

Foram três dias admiráveis, passeios, noites atravessadas até quase o "nascer da bela aurora", como dizia a toada, na conversa e na escuta dos cantadores da zona, até que chegou o dia da Festa. E logo a imagem da Maria Cuncau, cuidadosamente escondida aqueles dias, se impôs violentamente ao meu desejo. Eu tinha que ir ver o Pastoril de Maria Cuncau. O diabo era o Carlos que não me largava, e embora já estivéssemos amigos íntimos e eu sabedor de todas as suas aventuras na zona e farras no Recife, não tinha coragem de tocar no assunto nem meios pra me desvencilhar do rapaz. Nas minhas conversas com os empregados e cantadores bem que me viera uma vontadinha de perguntar quem era essa Maria Cuncau, mas se eu me prometera não ir ao Pastoril da Maria Cuncau! por que perguntar!... Tinha certeza que ela não me interessava mais, até que com a chegada da Festa, ela se impusera como uma necessidade fatal. Bem que me sentia ridículo, mas não podia comigo.

Foi o próprio Carlos quem tocou no assunto. Delineando o nosso programa da noite, com a maior naturalidade deste mundo, me falou que depois do Bumba que viria dançar de-tardinha na frente da casa-grande, daríamos um giro pelas rodas de coco, fazendo hora pra irmos ver o Pastoril da Maria Cuncau. Olhei-o e ele estava simples, como se não houvesse nada. Mas havia. Então falei com minha autoridade de mais velho:

– Olhe, Carlos, eu não desejava ir a esse pastoril. Me sinto muito grato à sua gente que está me tratando como não se trata um filho, e faço questão de não desagradar a... a ninguém.

Ele fez um gesto rápido de impaciência:

– Não há nada! isso é bobagem de mamãe!... Maria Cuncau parece que... Depois ninguém precisa saber de nada, nós voltamos todos os dias tarde da noite, não voltamos?... Vamos só ver, quem sabe se lhe interessa... Maria Cuncau é uma velha já, mora atrás da "rua", num mocambo, coitada...

E veio a noitinha com todas as suas maravilhas do nordeste. Era uma noite imensa, muito seca e morna, lenta, com aquele vaguíssimo ar de tristeza das noites nordestinas. O bumba meu boi, propositalmente encurtado pra não prender muito a gente da casa-grande, terminara lá pela meia-noite. A sra. dona Ismália se recolhera mais as filhas e a raiva do Astrogildo que teimava em nos acompanhar. O dono da casa desde muito que dormia, indiferente àquelas troças em que, como lhe escapara numa conversa, se divertira bem na mocidade. Retirado o grande lampião do terraço, estávamos sós, Carlos e eu. E a imensa noite. O pessoal do engenho se espalhara. Os ruídos musicais se alastravam no ar imóvel. Já desaparecera nalguma volta longe do caminho, o rancho do Boi que demandava a rua, onde ia dançar de novo o seu bailado até o raiar do dia. Um "chama" roncava longíssimo, talvez nalgum engenho vizinho, nalguma roda de coco. As luzes se acendiam espalhadas como estrelas, eram os moradores chegando em suas casas pobres. E de repente, lá para os lados do açude onde o massapê jazia enterrado mais de dois metros no areão, desde a última cheia, depois de uns ritmos debulhados de ganzá, uma voz quente e aberta, subira noite em fora, iniciando um coco bom de sapatear.

Olê, rosêra,
Murchaste a rosa!...

Era sublime de grandeza. A melancolia da toada, viva e ardente, mas guardando um significado íntimo, misterioso, quase trágico de desolação, casava bem com a meiga tristeza da noite.

Olê, rosêra,
Murchaste a rosa!...

E as risadas feriam o ar, os gritos, o coco pegara logo animadíssimo, aquela gente dançava, sapateava na dança, alegríssima, o coro ganhava amplidão no entusiasmo, as estrelas rutilavam quase sonoras, o ar morno era quase sensual, tecido de cheiros profundos. E era estranhíssimo. Tudo cantava, Cristo nascia em Belém, se namorava, se ria, se dançava, a noite boa, o tempo farto, o ano bom de inverno, vibrava uma alegria enorme, uma alegria sonora, mas em que havia um quê de intensamente triste. E um solista espevitado, com uma voz lancinante, própria de aboiador, fuzilava sozinho, dilacerando o coro, vencendo os ares, dominando a noite:

Vô m'imbora, vô m'imbora
Pá Paraíba do Norte!...

E o coro, em sua humanidade mais serena:

Olê, rosêra,
Murchaste a rosa!...

Nós caminhávamos em silêncio, buscando o Pastoril e Maria Cuncau. Minha decisão já se tornara muito firme pra que eu sentisse qualquer espécie de remorso, havia de ver a Maria Cuncau. E assim liberto, eu me entregava apenas, com delícias inesquecíveis, ao mistério, à grandeza, às contradições insolúveis daquela noite imensa, ao mesmo tempo alegre e triste, era sublime. E o próprio Carlos, mais acostumado e bem mais insensível, estava calado. Marchávamos rápido, entregues ao fascínio daquela noite da Festa.

A rua estava iluminada e muita gente se agrupava lá, junto a casa de alguém mais importante, onde o rancho do boi bailava, já em plena representação outra vez. Entre duas casas, Carlos me puxando pelo braço, me fez descer por um caminhinho cego, tortuoso, que num aclive forte, logo imaginei que daria nalgum riacho. Com efeito, num minuto de descida brusca, já mais acostumados à escuridão da noite sem lua, pulávamos por umas pedras que suavemente desfiavam uma cantilena de água pobre. Era agora uma subida ainda mais escura, entre árvores copadas, junto às quais se erguiam como sustos, uns mocambos fechados. Um homem passou por nós. E logo, pouco além, surgiu por trás dum dos mocambos, uma luz forte de lampião batendo nos chapéus e cabeleiras de homens e mulheres apinhados juntos a uma porta. Era o mocambo de Maria Cuncau.

Chegamos, e logo aquela gente pobre se arredou, dando lugar para os dois ricos. Num relance me arrependi de ter vindo. Era a coisa mais miserável, mais degradantemente desagradável que jamais vira em minha vida. Uma salinha pequeníssima, com as paredes arrimadas em mulheres e crianças que eram fantasmas de miséria, de onde fugia um calor de forno, com um cheiro repulsivo de sujeira e desgraça. Dessa desgraça horrível, humanamente desmoralizadora, de seres que nem sequer se imaginam desgraçados mais. Cruzavam-se no teto uns cordões de bandeirolas de papel de embrulho, que se ajuntavam no fundo da saleta, caindo por detrás da lapinha mais tosca, mais ridícula que nunca supus. Apenas sobre uma mesa, com três velinhas na frente grudadas com seu próprio sebo na madeira sem toalha, um caixão de querosene, pintado no fundo com uns morros muito verdes e um céu azul claro cheio de estrelas cor-de-rosa, abrigava as figurinhas santas do presépio, minúsculas, do mais barato bricabraque imaginável.

O pastoril já estava em meio ou findava, não sei. Dançando e cantando, aliás com a sempre segura musicalidade nordestina, eram nove mulheres, de vária idade, em dois cordões, o cordão azul e o encarnado da tradição, com mais a Diana ao centro. O que cantavam, o que diziam não sei, com suas toadas sonolentas, de visível importação urbana, em que a horas tantas julguei perceber até uma marchinha carioca de carnaval.

Mas eu estava completamente desnorteado por aquela visão de miséria degradada, perseguido de remorsos, cruzado de pensamentos tristes, saudoso da noite fora. E arrependido. Tanto mais que a nossa aparição ali trouxera o pânico entre as mulheres. Se antes já trejeitavam sem gosto, no monótono cumprimento de um dever, agora que duas pessoas "direitas" estavam ali, seus gestos, suas danças, se desmanchavam na mais repulsiva estupidez. Todas seminuas com uns vestidos quase trapos, que tinham sido de festas e bailes muito antigos, e com a grande faixa azul ou encarnada atravessando do ombro à cintura, braços nus, os colos magros desnudados, em que a faixa colorida apertava a abertura dos seios murchos. Mais que a Diana central, rapariguinha bem tratada e nova, quem chamava a atenção era a primeira figura do cordão azul. Seu vestido fora rico há vinte anos atrás, todo inteirinho de lantejoulas brilhantes, que ofuscavam contrastando com os outros vestidos opacos em suas sedinhas ralas. Essa a Maria Cuncau, dona do pastoril e do mocambo.

Fora, isto eu sube depois, a moça mais linda da Mata, filha de um morador que voltara do sul casado com uma italiana. Dera em nada (e aqui meu informante se atrapalhou um bocado) porque um senhor de engenho, naquele tempo ainda não era senhor de engenho não, a perdera. Tinha havido facadas, o pai, o João Cuncau morrera na prisão, ela fora mulher-dama de celebridade no Recife, depois viera pra aquela miséria de velhice em sua terra, onde pelo menos, de vez em quando, às escondidas, o senhor de engenho, dinheiro não mandava não, que também já tinha pouco pra educar os filhos, mas enfim sempre mandava algum carneiro pra ela vender ou comer.

Maria Cuncau, assim que nos vira, empalidecera muito sob o vermelho das faces, obtido com tinta de papel de seda. Mas logo se recobrara, erguera o rosto, sacudindo pra trás a violenta cabeleira agrisalhada, ainda voluptuosa, e nos olhava com desafio. Rebolava agora com mais cuidado, fazendo um esforço infinito pra desencantar do fundo da memória, as graças antigas que a tinham celebrizado em moça. E era sórdido. Não se podia sequer supor a sua beleza falada, não ficara nada. A não ser aquele vestido de lantejoulas rutilantes, que pendiam, num ruidinho escarninho, enquanto Maria Cuncau malhava os ossos curtos, frágil, baixinha, olhos rubescentes de alcoolizada, naquele reboleio de pastora.

Quando dei tento de mim, é que a coisa acabara, com uns fracos aplausos em torno e as risadas altas dos homens. As pastoras se dispersavam na sala, algumas vinham se esconder no sereno, passando por nós de olhos baixos, encabuladíssimas. Carlos, bastante inconsciente, examinava sempre os manejos da Diana moça, na sua feroz animalidade de rapaz. Mas eu lhe tocava já no braço, queria partir, me livrar daquele ambiente sem nenhum interesse folclórico, e que me repugnava pela sordidez. Maria Cuncau, que fingindo conversar com as mulheres da sala, enxugava muito a cara, nos olhando de soslaio, adivinhou minha intenção. Se dirigiu francamente pra nós e convidou, meio apressada mas sem nenhuma timidez, com decisão:

– Os senhores não querem adorar a lapinha!...

Decerto era nisso que todas aquelas mulheres pensavam porque num segundo vi todas as pastoras me olhando na sala e as que estavam de fora se chegando à janelinha pra me examinar. Percebi logo a finalidade do convite, quando cheguei junto da lapinha, enquanto o Carlos se atrasava um pouco, tirando um naco desajeitado de conversa com a Diana. Os outros assistentes também desfilavam junto ao presépio, parece que rezavam alguma coisa, e alguns deixavam escorregar qualquer níquel num pires colocado bem na frente do Menino-Deus. Fingi contemplar com muito respeito a lapinha, mas na verdade estava discutindo dentro comigo quanto daria. Já não fora pouco o que o rancho do Boi me levara, e aliás as pessoas da casa-grande estavam sempre me censurando pelo muito que eu dava aos meus cantadores. Puxei a carteira, decidido a deixar uns vinte milréis no pires. Seria uma fortuna entre aqueles níqueis magriços em que dominava uma única rodela mais volumosa de cruzado. Porém, se ansiava por sair dali, estava também muito comovido com toda aquela miséria, miséria de tudo. A Maria Cuncau então me dava uma piedade tão pesada, que já me seria difícil especificar bem se era comiseração se era horror.

Sinto é maltratar os meus leitores. Este conto que no princípio parecia preparar algum drama forte, e já está se tornando apenas uma esperança de dramazinho miserável, vai acabar em plena mesquinharia. Quando puxei a carteira, decidido a dar vinte milréis, a piedade roncou forte, tirei com decisão a única nota de cinquenta que me restava da noite e pus no pires. Todos viram muito bem que era uma nota, e eu já me voltava pra partir, encontrando o olho de censura que o Carlos me enviava. O mal foi um mulatinho esperto, não sei se sabia ler ou conhecia dinheiro, que estava junto de mim, me devorando os gestos, extasiado. Não pôde se conter, casquinou uma risada estrídula de comoção assombrada, e apenas conseguiu ainda agarrar com a mão fechada a enorme palavra-feia que esteve pra soltar, gritou:

– Pó... cincoentão!

Foi um silêncio de morte. Eu estava desapontadíssimo, ninguém me via, ninguém se movia, as pastoras todas estateladas, com os olhos fixos no pires.

Carlos continuava parado, esquecido da Diana que também não o via mais, olhava o pires. E ele sacudia de leve o rosto para os lados, me censurando.

– Vamos, Carlos.

E nos dirigimos para a porta da saída. Mas nisto, aquela pastora do cordão encarnado que estava mais próxima da lapinha, num pincho agílimo (devia estar inteiramente desvairada pois lhe seria impossível fugir), abrindo caminho no círculo apertado, alcançou o pires, agarrou a nota, enquanto as outras moedinhas rolavam no chão de terra socada. Mas Maria Cuncau fora tão rápida como a outra, encontrara de peito com a fugitiva, foi um baque surdo, e a luta muda, odienta, cheia de guinchos entre as duas pastoras enfurecidas. Nós nos voltáramos aturdidos com o caso e a multidão devorava a briga das pastoras, também pasma, incapaz de socorrer ninguém. E aqueles braços se batiam, se agarravam, se entrelaçavam numa briga chué, entre bufidos selvagens, até que Maria Cuncau, mordendo de fazer sangue o punho da outra, lhe agarrou a nota, enfiou-a fundo no seio, por baixo da faixa azul apertada. A outra agora chorava, entre borbotões de insultos horríveis.

– É da lapinha! que Maria Cuncau grunhia, se encostando na mesa, esfalfada. É da lapinha!

Os homens já se riam outra vez com caçoadas ofensivas, e as pastoras se ajuntando, faziam dois grupos em torno das briguentas, consolando, buscando consertar as coisas.

Partimos apressados, sem nenhuma vontade ainda de rir nem conversar, descendo por entre as árvores, com dificuldade, desacostumados à escureza da noite. Já estávamos quase no fim da descida, quando um ruído arrastado de animal em disparada, cresceu por trás de nós. Nem bem eu me voltara que duas mãos frias me agarraram pela mão, pelo braço, me puxavam, era Maria Cuncau. Baixinha, magríssima, naquele esbulho grotesco de luz das lantejoulas, cabeça que era um ninho de cabelos desgrenhados...

– Moço! ôh moço!... me deixa alguma nota pra mim também, aquela é da lapinha!... eu preciso mais! aquela é da lapinha, moço!

Aí, Carlos perdeu a paciência. Agarrou Maria Cuncau com aspereza, maltratando com vontade, procurando me libertar dela:

– Deixe de ser sem-vergonha, Maria Cuncau! Vocês repartem o dinheiro, que história é essa de dinheiro pra lapinha! largue o homem, Maria Cuncau!

– Moço! me dá uma nota pra... me largue, seu Carlos!

E agora se estabelecia uma verdadeira luta entre ela e o Carlos fortíssimo, que facilmente me desvencilhara dela.

– Carlos, não maltrate essa coitada...

– Coitada não! me largue, seu Carlos, eu mordo!...

– Vá embora, Maria Cuncau!

– Olha, esta é pra...

– Não! não dê mais não! faço questão que...

Porém Maria Cuncau já arrancara o dinheiro da minha mão e num salto pra trás se distanciara de nós, olhando a nota. Teve um risinho de desprezo:

– Vôte! só mais vinte!...

E então se aprumou com orgulho, enquanto alisava de novo no corpo o vestido desalinhado. Olhou bem fria o meu companheiro:

– Dê lembrança a seu pai.

Desatou a correr para o mocambo.

NELSON

– **V**ocê conhece?

– Eu não, mas contaram ao Basílio o caso dele.

O indivíduo chamava a atenção mesmo, embora não mostrasse nada de berrantemente extraordinário. Tinha um ar esquisito, ar antigo, que talvez lhe viesse da roupa mal talhada. Mas que por certo derivava da cara também, encardida, de uma palidez absurda, quase artificial, como a cara enfarinhada dos palhaços. Olhos pequenos, claros, à flor da pele, quase que apenas aquela mancha cinzenta, vaga, meio desaparecendo na brancura sem sombra do rosto.

Deu uma olhadela disfarçada, bem de tímido, assuntando o ambiente mal iluminado do bar. Ainda hesitou, numa leve ondulação de recuo, mas acabou indo sentar no outro lado da sala vazia. Percebeu que os rapazes o examinavam, ficou inquieto, entre gestos inúteis. Pretendeu se acalmar e depôs as duas mãos, uma agarrando a outra, sobre a toalha. Mas como que se arrependeu de mostrá-las, retirou-as rápido pra debaixo da mesa. Se lembrou de repente que não tirara o chapéu, estremeceu, quis sorrir, disfarçando a encabulação. Mas corou muito, tirou num gesto brusco o chapéu, escondeu-o no banco em que sentara, ao mesmo tempo que lançava novo olhar furtivo, muito angustiado, meio implorante, aos rapazes. E estes fingiram que não o examinavam mais, envergonhados da curiosidade.

– Não parece brasileiro...

– Diz-que é. Mora só, numa daquelas casinhas térreas da alameda do Triunfo, perto de mim. Ele mesmo faz a comida dele...

Parou, gozando o interesse que causava. Era desses vaidosos que não contam sem martirizar o ouvinte com pausas de efeito, perguntas de adivinhação, detalhes sem eira nem beira. Continuou: "Vocês todos sabem onde que ele faz as compras dele!"... Nova pausa. Os rapazes se mexeram impacientes. Um arrancou:

– Você garante que ele é brasileiro, enfim você sabe ou não sabe alguma coisa sobre ele!

– Eu sei a história dele completinha!... – Olhou lento, imperial os três amigos. Sorriu. – Mas, puxa! que lerdeza de vocês!... Eu disse que ele mora no Triunfo, pertinho de mim... Então vocês não são capazes de imaginar onde ele compra as coisas!...

– Ora desembucha logo, Alfredo! que diabo de mania essa!...

Diva passava levando dois duplos escuros. Era visível que ambos pertenciam ao desconhecido, pois não havia mais ninguém no bar. Recebendo os duplos o homem ficou envergonhado, tornou a corar forte, mandando outro olho de relance aos rapazes. Falou qualquer coisa à garçonete, que ficou esperando. Então ele emborcou o primeiro chope com sofreguidão, bebeu tudo duma vez só, entregando o copo à moça. E Diva se retirou, sorrindo ao "muito obrigado" quente que o homem lhe dizia.

Os rapazes voltavam pensativos aos seus chopes, o desconhecido era de-fato um sujeito extravagante... Alfredo aproveitou a preocupação de todos, pra retomar importância. Mas agora "desembuchava" mais rápido.

– Pois ele compra tudo no Basílio, e o Basílio é que sabe a história dele bem. Põe tamanha confiança no vendeiro que até pede pra ele fazer compras na cidade, camisa, roupa de baixo... Diz-que foi até bastante rico. Ele é de Mato Grosso, possuía uma fazenda de criar no sul do Estado, não tinha parente nenhum depois que a mãe morreu. De vez em quando atravessava a fronteira que ficava ali mesmo, dava uma chegada em Assunção que é a capital do Paraguai...

– Não sabia! pensei que era Campinas!

– ... ia lá só pra farrear, vivendo naquele jejum da fazenda... – Achou graça em si mesmo e quis tirar mais efeito: – Em Assunção desjejuava a valer. Mas um dia acabou trazendo uma paraguaia pra fazenda, com ele. Era uma moça lindíssima e ele tinha paixão por ela, dava tudo pra ela. Trabalhava e era pra ela; ia na cidade por um dia, imaginem pra quê!... Voltava carregado de presentes muito caros. Mesmo na fazenda ela só arrastava seda. Mas que ela merecesse, merecia porque também gostava muito dele e os dois viviam naquele amor. Mas a maior besteira dele, isso dava um doce se vocês imaginassem?

Quis parar, mas um dos companheiros percebendo asperejou irritado:

– Não dê o doce e continue, Alfredo! – Pois acabou passando a fazenda com gado e tudo e ainda umas casas que tinha em Cuiabá, passou tudo para o nome dela, porque ela já fizera operação, mocinha, e não podia ter filho que herdasse. Não sei se vocês sabem: ... mesmo casada no juiz, se não tivesse filho e ele morresse, ela não herdava um isto. E agora é que estou vendo que o Basílio não me informou se eles eram casados, amanhã mesmo vou saber...

– Mas... me diga uma coisa, Alfredo: isso interessa pro caso!

– Quer dizer... interessar sempre interessa... Mas afinal aquela vida era chata pra moça tão bonita que não podia ser vista nem apreciada por ninguém, não durou muito ela principiou entristecendo. Ele vinha e perguntava, porém ela sempre respondia que não tinha nada e virava o rosto pra não dar demonstração que estava chorando. Ele fez tudo. Comprou uma vitrola, comprou um rádio e a casa se encheu de polcas paraguaias. Depois até principiou aprendendo o guarani com ela, o castelhano já falava muito bem. Era que ele imaginou ficar mais tempo junto da moça, em vez de passar o dia inteiro no campo, cuidando do gado.

– Mas também que sujeito mais besta – interrompeu um dos rapazes irritado. Ele era rico, não era?

– Era...

– Pois então por que não ia fazer uma viagem!

– Pois fez, mas aí é que foi a causa de tudo. Eles resolveram ir passear em Assunção, se divertiram tanto que passaram dois meses lá. Quando voltaram ela até parecia outra, de tão alegre outra vez, e fizeram projeto de todos os anos ir passear assim, se divertindo com os outros, o amor é que não havia meios de afrouxar. Já antes da viagem, no tempo da tristeza, ele assinara uma porção de revistas, até norte-americanas, pra ver se ela se distraía, ela nem olhava pras figuras. Pois agora de volta na fazenda, adivinhem pra o que ela deu!...

– Ora, deu para ler as revistas!

– Não.

– Deu pra ficar triste outra vez.

– Não!

– Se acostumou...

– Não!

– Ora foi ver se você estava na esquina, ouviu!

Os rapazes estavam totalmente desinteressados da história do Alfredo. Um deles olhou o homem, de quem a garçonete se aproximava outra vez, levando mais um chope. O homem, percebendo a moça, retirou brusco as mãos que descansavam na mesa, uma sobre a outra. Novo olhar angustiado aos rapazes.

– Parece que ele tem qualquer coisa na mão esquerda, o rapaz avisou interessado. Não! não virem agora que ele está olhando pra cá, mas nem bem Diva ia chegando com o chope, ele escondeu a mão. Diva!

A moça veio se chegando, familiar.

– Mais chope. Diga uma coisa... chegue mais pra cá.

A moça chegou contrafeita, depois de uma leve hesitação. Ela sabia que iam lhe falar do desconhecido, e quando o rapaz perguntou o que o homem tinha na mão, ela quase gritou um "Nada!" agressivo. E como o rapaz procurasse agarrá-la pelo braço, ainda perguntando se o homem não tinha um defeito qualquer, ela se desvencilhou irritada, murmurando "Não!", "Não sei!", partiu confusa. O contador interrompido pretendeu readquirir importância, afirmando apressado:

– É uma cicatriz medonha, não queiram saber! Foi numa briga, parece que até ele perdeu um dedo, só que isso eu não sei como foi, o Basílio...

O quarto rapaz, que se conservara calado, olhando com uma espécie de riso o sabe-tudo, murmurou vingativo:

– Eu sei.

– Você sabe!

– Quer dizer: sei... Sei o que me contaram. É o polegar que ele perdeu. Parece que nem é só o polegar que falta, mas quase toda a carne do braço, é tudo repuxado, sem pele... Foi piranha que comeu.

– Safa!

– Eu não sei bem... tudo no detalhe. Como o Alfredo, eu não sei... Foi na Coluna Prestes... nem tenho certeza se ele estava com o exército ou com os revolucionários. Devia ser com estes porque ele era rapaz, se vê que não tem trinta anos.

– Isso não! garanto que já passa dos quarenta.

– Você está doido!

– Não... – arrancou o Alfredo, meio contra a vontade. – Isso eu também sei garantido que ele é novo ainda, o Basílio viu a caderneta dele... Tem vinte e sete, vinte e oito anos.

– Mas conta como foi a piranha.

– ... diz-que estava em Mato Grosso, um grupinho perseguido pelos contrários, desgarrado, pra uns nove homens quando muito. Tinham se arranchado na casinha dum caboclo que ficava perto dum rio, quando o inimigo deu lá, era de noite. Foi aquele tiroteio feroz, eles dentro da casa, os outros no cerco. Quando viram que não se aguentavam mais, a munição estava acabando, decidiram furar pra banda do rio, onde o bote do caboclo estava amarrado na maromba...

– O que é maromba?

– É assim um estrado grande, pra servir de chão dos bois, quando o rio enche.

– Qual! tudo isso é história! pois você não vê logo que os polícias já deviam estar tomando conta do bote!

– Você está com despeito de eu saber, quer me atrapalhar à toa: pois é isso mesmo! Deixe eu acabar, você vai ver. Já era de madrugadinha, mas estava escuro ainda. De repente eles deram uma descarga juntos, e saíram embolados, frechando pro rio. Ainda conseguiram passar, que os... contrários, eu não falei que era polícia que cercava! enfim, os... outros, só tinha dois amoitados no caminhinho que levava ao porto, se acovardaram. Eles passaram na volada, gritando, desceram o barranco aos pulos, mas quando chegaram lá, tinha pra uns dez, de tocaia, na maromba. Se atracaram uns com os outros, e esse um aí se abraçou com um inimigo e os dois rolaram no rio, afundando. Bem, mas quando voltaram à tona, sempre grudados um no outro, lutando, o diabo é o que tinham vindo parar bem debaixo... não sei se vocês sabem... lá, por causa de enchente, eles usam construir um cais flutuante pra embarcar e desembarcar. O desse porto por sinal que era bem-feito e mais grande, porque era por ali que a estrada do governo atravessava o rio: uma espécie de caixão grande bem chato, feito de pranchões. Pois foi justo debaixo disso que os dois vieram surgir e já estavam desesperados de vontade de respirar, não se aguentavam mais. Por cima era aquele barulhão de gente brigando, o caixão sacudia muito, mais outros caíam n'água... Os dois não queriam, decerto nem podiam se largar, mas não sei como foi, se uma das pranchas da parte inferior estava podre e cedeu, ou se havia o buraco mesmo... sei é que num balanço que o caixão fez com os homens que brigavam em cima deles, esse um ali sentiu que ia saindo fora d'água e pôde respirar. Mas estava com a cabeça enforcada dentro do caixão chato, até batendo no plano dos pranchões de cima, parece que estou vendo! quem me contou foi o Querino do gás... Mas ele respirou fundo, foi ganhando consciência e percebeu que os músculos do adversário afrouxavam. Se ele largasse, o outro afundava, ia sair lá mais no largo e denunciava o esconderijo dele, apertou mais. Por cima o inferno já estava diminuindo, o caixão sacudia menos, paravam com a gritaria dos insultos. Afinal ele percebeu que os inimigos tinham dominado a situação, eram muito mais numerosos. Um que mandava nos outros, dava ordens, afirmava que faltavam dois do grupo inimigo, um era ele, está claro. A manhã principiava branqueando o rio. Procuravam no largo pra ver se tinha alguém nadando... Alguns foram mandados percorrer o matinho ralo da margem. Dois outros, no bote, se metiam pelas canaranas pra ver se descobriam os fugitivos. Foi quando deram pela falta de um chamado Faustino, gritavam "Faustino! Faustiiíiino!", e ele percebeu que tinha matado um sujeito chamado Faustino. Mas quem disse largar o cadáver que agarrava pelo gasnete com a mão esquerda. O corpo era capaz que boiasse, saindo de baixo do caixão, haviam de desconfiar. Na margem e na maromba ao lado, o pessoal se acalmavam, era um dia claro. Não tinham achado nem os fugitivos nem Faustino, vinham contando os que voltavam da procura. Então o chefe mandou que dois ficassem de vigia na maromba, e o resto dos perseguidores foram lá na casa do caipira ver se faziam um café. Ele estava quase vestido, calça cáqui, botas. Mas não tivera tempo de vestir o dólmã, com a surpresa do ataque, e a camisa tinha se rasgado muito, justo no braço esquerdo que estava dentro d'água, agarrando o corpo do Faustino. Fazia já algum tempo que ele vinha percebendo uns estremeções esquisitos na cara do morto, pois súbito sentiu uma ferroada na mão. O rio não era de muita piranha, mas tinha alguma sim. Outra ferroada mais forte e logo ele conferiu que era piranha mesmo, não havia mais dúvida. E acudia cada vez mais piranha, o que ele não aguentou! As piranhas mordiam, arrancavam pedacinhos da mão dele e depois do braço também, mas ele ali, sem se mover. Lá em cima na maromba as duas sentinelas conversavam na calma. Ele percebeu, ia desfalecer na certa, porque já quase nem se aguentava mais, vista turvando. Então, com muito cuidado, muita lentidão pra os vigias não repararem, cuidou de enfiar mais que a mão direita, o braço inteiro no buraco dos pranchões porque assim, se desmaiasse, pelo menos ficava enganchado ali. Foi quando perdeu os sentidos. Até fica difícil garantir que perdeu os sentidos ou não perdeu, nem ele sabe, nem sabe o tempo que passou. Só que as forças acabaram cedendo, teve um momento em que ele foi chamado à consciência porque estava engolindo água, sem ar, se afogando. Mesmo fraco como estava, bracejou, voltou à tona, se agarrou nas canaranas, conseguiu chegar num chão mais firme e então desmaiou de verdade. Quando voltou a si, o sol estava bem alto já, devia ser pelo meio do dia. Os inimigos já tinham ido-se embora. Então o pobre, ainda ajuntando um resto de força que possuía, conseguiu se arrastar até próximo da casa do caboclo. Quando este voltou, mais a mulher, lá dum vizinho longe onde tinham se refugiado, encontraram o homem estendido no terreiro, moribundo. Trataram dele. É o que eu sei... o Querino é que anda contando porque até eu vi, isso eu vi, ele conversando animado com esse homem, porque andou vários dias inda na casa dele pra fazer uma instalação de gás. Ele acabou sarando mas diz-que ficou meio amalucado... Se não ficou, parece.

Olharam o homem. Ele já estava no quarto ou quinto duplo, já agora como inteiramente esquecido de mais ninguém. Tinha o queixo no peito, se derreara no banco, olhando fixamente o chope escuro. A mão direita inquieta tamborilava sobre a mesa, mas a esquerda se escondera preventivamente no bolso da calça. Um dos rapazes se lembrou do caso que o Alfredo estava contando.

– Safa! mas que caso mais diferente do do Alfredo!

Mas este, ríspido:

– Nnnnão... deve ser o mesmo...

– Mas o que foi que sucedeu com a mulher?

– ... nnnnão tem importância.

– Ora deixa de besteira! Alfredo! que sujeito mais complicado, você!

– Não tenho nada de complicado não! Essa história de piranha comer braço de gente, eu nunca sube. O Basílio também me falou que o homem era de Mato Grosso, leu na caderneta de identidade... Mas ele ficou meio tantã não foi por causa de piranha não, foi a paraguaia. Quando ela voltou curada pra fazenda, como eu dizia, ela até às vezes acompanhava o marido a cavalo no campo, mas quando no geral ficava em casa, ficava ali, rádio aberto, lendo a quantidade de romances policiais e os outros livros que trouxera da cidade. E não tinha semana que um peão não trouxesse aquela quantidade de revistas que vinham do correio. Pois um dia, quando ele chegou em casa, a mulher estava fechada no quarto e não quis abrir a porta. Ele bateu, chamou de todo jeito, ela gritava que não amolasse, até que ele perdeu a paciência e ameaçou arrombar a porta. Daí ela abriu e se percebia que tinha chorado muito. Olhou pra ele com ódio e gritou:

– O que você me quer! me deixa!

e coisas assim. Ele estava assombrado, perguntava, ela não respondia, foi no terraço e se atirou na rede, chorando feito louca. Mas isso?... ele que nem tocasse de leve nela com a mão, ela fugia o corpo como se ele fosse uma cobra. Não valeu carinho, não valeu queixa: ela estava muda, longe dele, olhando ele com ódio, e de repente falou que queria ir embora pra terra dela. Ele não podia entender, foi discutir, mas ela agarrou dando uns gritos, que ia-se embora mesmo, que não ficava mais ali, parecia uma doida, saltou da rede, desceu a escadinha do terraço e deitou correndo pelo pasto, como indo embora pro Paraguai. Foi um custo trazer ela pra casa, agarrada. Ele muito triste fazia tudo pra acalmar, jurava que no outro dia mesmo partiam pra Assunção, ela berrava que não! que havia de ir sozinha e não queria saber mais dele. Ninguém dormiu naquela casa. A moça acabou se fechando no quarto outra vez. Ele não quis insistir mais, imaginando que o passar da noite havia de acalmar aquela crise. Puxou uma cadeira e sentou bem na frente da porta, esperando. Não dormiu nada. Mas também a moça não dormiu, não vê! Toda a noite ele escutou ela remexendo coisas, era gaveta que abria, que fechava, móvel arrastando, coisas jogadas no chão.

Diva acabara de levar mais um chope ao homem. Veio se abraçar a um dos rapazes, perguntando se não pagavam um aperitivo. Dois dos rapazes se ajeitaram no banco em que estavam, cedendo o lugarzinho no meio onde ela se espalhou, encostando muito logo nos dois, pra ver se ao menos um mordia a isca. O homem do bar mesmo sem chamarem, muito acostumado, veio servir o vermute.

– ... bem, mas como eu estava contando, no dia seguinte, ainda nem ficara bastante claro, que a paraguaia abriu a porta do quarto. Vinha simples, até estava ridícula e bem feia com aquele rosto transtornado, num vestidinho caseiro, o mais usado, e uma trouxinha de roupa debaixo do braço. E falou dura que ia-se embora. Foi tudo em vão e esse homem...

– Que homem? Diva perguntou meio inquieta.

Esse que está bebendo chope escuro.

– Santa Maria! mas será que vocês não podem deixar o pobre do homem em paz!

– Fica quieta aí, Diva!

– Mas...

– Tome seu vermute.

Diva se acomodou de má vontade, irritada, enquanto o contador continuava:

– Pois ele gostava tanto da paraguaia que acabou cedendo, imaginando que aquilo havia de passar se ela partisse como estava exigindo. Mandou um próprio acompanhá-la. Depois ele ia atrás, Assunção é pequena, e o camarada ia industriado pra ficar por lá, seguindo a moça de longe. E ela foi embora, só, com a trouxinha, sem uma despedida, sem olhar pra trás. Quando ele foi pra entrar no quarto quase nem se podia andar lá dentro, tudo aos montes jogado no chão. Os vestidos estavam estraçalhados de propósito, picados devagar com a tesourinha de unha. As joias arrebentadas, pedras caras, até o brilhante grande do anel, fora do aro, relumeando na greta do assoalho. E os livros, os objetos, as meias de seda, até as roupas dele, ela não poupou nada. E não tinha levado absolutamente nada. Até a roupa de cama, também picada com a tesourinha, não sobrara nada sem estrago. Mas agora é que vocês vão se assombrar!... Só bem por cima dos dois travesseiros grandes, amontoados de propósito no meio da cama, um por cima do outro, tinha um livro. Esse não estava estragado como os outros. Imaginem que... bom, pra encurtar: era simplesmente uma *História do Paraguai* em espanhol, desses livros resumidos que a gente estudou no grupo. Folheando o livro, ele descobriu justamente na última página do capítulo que falava da guerra com o Brasil, está claro que tudo cheio de mentiras horríveis, ele descobriu naquela letrona dela que mal sabia assinar o nome: "Infames"!

– Quem que era infame?

– Safa, Diva, sua gente mesmo!

– Que "minha gente"?

– Os brasileiros, Diva!

– Eu não sou brasileira!

O rapaz sorrindo acarinhou os cabelos louros, frios dela. O contador ia comentando:

– Foi por causa da Guerra do Paraguai... O homem ficou feito doido, não podia mais passar sem ela, se botou atrás da moça, porém ela não houve meios de ceder. E pra não ser mais incomodada, acabou desaparecendo de Assunção, ninguém sabe pra onde. Foi uma trapalhada dos dianhos vocês nem imaginam, porque a fazenda, as propriedades não eram mais dele, e ela nunca reclamou nada, desapareceu pra sempre. Até andaram falando que ela suicidou-se, porque continuava apaixonadíssima pelo brasileiro, apesar. Mas isto nunca se conseguiu tirar a limpo. Ele é que vendeu o gado e ficou viajando por todo o Sul, sempre com pensão na amante. Quando foi da Revolução de 30, se meteu na revolução, sem gosto, sem acreditar em nada, só porque era revolução contra o Brasil. Diz-que ele ia ficando maníaco, odiava o Brasil e dava razão pra Solano Lopes que foi quem declarou a Guerra do Paraguai contra nós. Afinal conseguiu vender a fazenda e as casas de Cuiabá, mas dizem que na casa onde ele mora não tem nada. Só que ele prega na parede tudo quanto é notícia ofendendo o Brasil.

– Ah, não! isso não deve ser verdade senão o Querino me contava!

– Por que que só o Querino é que há-de saber!

– Ele entrou vários dias na casa pra instalar o gás, já falei!

– Uhm...

Diva não se conteve mais, arrancou:

– Tudo isso é uma mentira muito besta! Por que vocês não conversam noutra coisa!

– Você conhece ele, é?

Diva hesitou.

– ... nnnão. Mas ele sempre vem aqui.

– Você já foi com ele?

– Não, ele não quis. Mas falou que eu desculpasse, é muito mais delicado que vocês todos juntos, sabem!

– Isso de delicadeza... Deve ser é algum viciado, vá ver que não é outra coisa.

A garçonete ficou indignada. Se ergueu com brutalidade.

– Arre que vocês também são uns... Ia insultar, enojada, mas se lembrou que era garçonete: Por favor, não olhem tanto pra ele assim! Ele vai sair...

De fato, o homem estava mexendo exagitadamente em dinheiro. Diva foi pra junto dele, achando jeito, com o corpo, de o esconder da curiosidade dos rapazes. Fingia procurar troco. Olhou-o com esperança tristonha:

– Por que o senhor não toma mais um chope... Está quente hoje...

Ele estremeceu muito, devorou-a com os olhos angustiados:

– Por que a senhora quer que eu tome mais chope hoje! Seis não é a minha conta de sempre! Estavam falando de mim naquela mesa, não!

E foi saindo muito rápido, escorraçado, sem olhar ninguém, sem esperar resposta nem troco. Era incontestável que fugia.

Na rua andava com muita pressa, apenas hesitante nas esquinas que acabava dobrando sempre, procurando desnortear perseguidores invisíveis. Afinal, seis quarteirões longe, parou brusco. Estava ofegante, suava muito na noite abafada. Olhou em torno e não tinha ninguém. Certificou-se ainda se ninguém o perseguia, mas positivamente não havia pessoa alguma na rua morta, era já bem mais de uma hora da manhã. Enfim tirava a mão esquerda do bolso e enxugava com algum sossego o suor do rosto. A mão era mesmo repugnante de ver, a pele engelhada, muito vermelha e polida. E assim, justamente por ser o polegar que faltava, a mão parecia um garfo, era horrível.

Depois de se enxugar, olhou o relógio-pulseira e tornou a esconder a mão no bolso. Voltou a caminhar outra vez, e agora andava em passo normal, sem mais pressa nenhuma. Aos poucos foi se engolfando lá nos próprios pensamentos, o rosto readquiriu uma seriedade sombria enquanto o passo se mecanizava. Tomou aquele seu jeito de enfiar o queixo no pescoço, cabeça baixa, parecia numa concentração absoluta. Algum raro transeunte que passava, ele nem dava tento mais. Às vezes fazia gestos pequenos, gestos mínimos, argumentando, houve um instante em que sorriu. Mas se recobrou imediatamente, olhando em volta, apreensivo. Não estava ali ninguém pra lhe surpreender o riso – e era aquele sorriso quase esgar, apenas uma linha larga, vincando uma porção de rugas na face lívida.

Mas decerto perseverara o receio de que o pudessem descobrir sorrindo: principiou caminhando mais depressa outra vez. Lá na esquina em frente despontavam alguns rapazes que vinham da noite de sábado, conversando alto. O homem pretendeu parar, hesitou. Acabou atravessando apenas a rua, tomando o outro passeio pra não topar de frente com os rapazes. Enfim chegara na alameda do Triunfo. Três quarteirões mais longe devia ser a casa onde morava, pelo que afirmara o Alfredo. Na esquina era o botequim de seu Basílio, que estava fechando. O português chegou na última porta ainda entreaberta, pediu licença aos três operários, fechou a porta com um "boa-noite" malcriado. Mas os operários estavam mais falantes com a cerveja do sábado, chegaram até à beira da calçada e se deixaram ficar ali mesmo, naquela conversa.

O homem vinha chegando e aos poucos diminuía o andar, observando a manobra do botequim. Diminuiu o passo mais, dando tempo a que os operários se afastassem. Afinal parou. Os três homens tinham ficado ali conversando, e ele estacou, olhou pra trás, pretendendo voltar caminho, talvez. Depois ficou imóvel, aproveitando o tronco da árvore, disposto a esperar. Dali espiava os operários sem ser visto. Lhe dava aquela inquietação subitânea, voltava-se rápido. Parecia temer que alguém viesse pela calçada e o apanhasse escondido ali. Mas a rua estava deserta, não passava mais ninguém.

A situação durava assim pra mais de um quarto de hora e os operários não davam mostra de partir. O homem esperando sempre, só que a impaciência crescia nele. Olhava a todo instante o relógio, como se tivesse hora marcada, olhos pregados nos três vultos da esquina. Falavam alto, a conversa chegava até junto dele, uma conversa qualquer. Agora vinha lá do lado oposto da alameda, o rondante, na indiferença, bem pelo meio da rua, batendo o tacão da botina, no despoliciamento proverbial desta cidade. O guarda, fosse pelo que fosse, ao menos pra mostrar força diante de gente na cerveja, resolveu enticar com os operários. E parou na esquina também, olhando franco os homens, rolando o bastão no pulso. Os operários nem se deram por achados.

De longe, meio esquecido do esconderijo, o homem, agora imóvel, devorava a cena, olhos escancarados sem piscar. O guarda, vendo que os operários não se intimidavam com a presença dele, resolveu fazer uma demonstração de autoridade. Se dirigiu calmo aos homens, que pararam a conversa, esperando o que o polícia ia falar. O homem chegou a sair com o corpo todo de trás do tronco, na ânsia de escutar o que o guarda dizia. Mas este falava baixo, resolvido a principiar pelo conselho, paternal. Nasceu uma troca de palavras mas pequena, acabou logo, porque os operários não estavam pra discutir com um rondante ranzinza. Resolveram obedecer. Aliás era tarde mesmo. Foram-se embora, ainda conversando mais alto de propósito, forçando a voz, só porque o guarda falara que eles estavam acordando quem dormia nas casas. O polícia percebeu, ficou com raiva, mas também não estava muito disposto a se incomodar, que afinal os operários eram três, bem fortes. Ficou olhando, mãos na cinta, ameaçador, quando os três já estavam bem longe, sacudiu a cabeça agressiva e dobrou a esquina, continuando o seu fingimento de ronda, batendo tacão.

O homem se viu só. Houve um relaxamento de músculos pelo corpo dele, os ombros caíram, veio o suspiro de alívio. Reprincipiou a andar devagarinho, calmo outra vez. Na esquina ainda parou, espiando se o guarda ia longe. Nem sombra de guarda mais. Atravessou mais rápido a rua, passou pelo boteco do português, e agora andava com precaução, tirando o molho volumoso de chaves do bolso. Chegado em frente duma porta, foi disfarçadamente se dirigindo para a beira da calçada. Parou sobre a guia, aproveitando a sombra da árvore pra se esconder. Virou os olhos para um lado e outro, examinando a alameda. Num momento, se dirigiu quase num pulo para a porta, abriu-a, deslizou pela abertura, fechou a porta atrás de si, dando três voltas à chave.

O LADRÃO

– Pega!

O berro, seria pouco mais de meia-noite, crispou o silêncio no bairro dormido, acordou os de sono mais leve, botando em tudo um arrepio de susto. O rapaz veio na carreira desabalada pela rua.

– Pega!

Nos corpos entreacordados, ainda estremunhando na angústia indecisa, estalou nítida, sangrenta, a consciência do crime horroroso. O rapaz estacara numa estralada de pés forçando pra parar de repente, sacudiu o guarda estatelado:

– Viu ele!

O polícia inda sem nexo, puxando o revólver:

– Viu ele?

– P...

Não perdeu tempo mais, disparou pela rua, porque lhe parecera ter divisado um vulto correndo na esquina de lá. O guarda ficou sem saber o que fazia, porém, da mesma direção do moço já chegavam mais dois homens correndo. O guarda eletrizado gritou:

– Ajuda! e foi numa volada ambiciosa na cola do rapaz.

– Pega! Pega! os dois perseguidores novos secundaram sem parar. Alcançaram o moço na outra esquina, se informando com um retardatário que só àquelas horas recolhia.

– ... é capaz que deu a volta lá em baixo...

No cortiço, a única janela de frente se abriu, inundando de luz a esquina. O retardatário virou-se para os que chegavam:

– Não! Voltem por aí mesmo! Ele dobrou a esquina lá de baixo! Fique você, moço, vigiando aqui! Seu guarda, vem comigo!

Partiu correndo. Visivelmente era o mais expedito, e o grupo obedeceu, se dividindo na carreira. O rapaz desapontara muito por ter de ficar inativo, ele! justo ele que viera na frente!... No ar umedecido, o frio principiou caindo vagarento. Na janela do cortiço, depois de mandar pra cama o homem que aparecera atrás dela, uma preta, satisfeita de gorda, assuntava. Viu que a porta do 26 rangia com meia luz e os dois Moreiras saíram por ela, afobados, enfiando os paletós. O Alfredinho até derrubou o chapéu, voltou pra pegar, hesitou, acabou tomando a direção do mano.

O guarda com o retardatário já tinham dobrado a esquina lá de baixo. Uma ou outra janela acordava numa cabeça inquieta, entre agasalhos. Também os dois perseguidores que tinham voltado caminho, já dobravam a outra esquina. Mas foi a preta, na calma, quem percebeu que o quarteirão fora cercado.

– Então decerto ele escondeu no quarteirão mesmo.

O rapaz que só esperava um pretexto pra seguir na perseguição, deitou na carreira. Parou.

– A senhora então fique vigiando! Grite se ele vier!

E se atirou na disparada, desprezando escutar o "Eu não! Deus te livre!" da preta, se retirando pra dentro porque não queria história com o cortiço dela, não. Pouco depois dos Moreiras, virada a esquina de baixo, o rapaz alcançou o grupo dos perseguidores, na algazarra. Um dos manos perguntava o que era. E o moço:

– Pegaram!

– Safado... ele...

– Deixa de lero-lero, seu guarda! assim ele escapa!

Aliás fora tudo um minuto. Vinha mais gente chegando.

– O que foi?

– Eu vou na esquina de lá, senão ele escapa outra vez!

– Vá mesmo! Olha, vá com ele, você, pra serem dois. Seu guarda! o senhor é que pode pular no jardim!

– Mas é que...

– Então bata na casa, p...!

O polícia inda hesitou um segundo, mas de repente encorajou:

– Vam'lá!

Foram. Foi todo o grupo, agora umas oito pessoas. Ficou só o velho que já não podia nem respirar da corridinha. Os dois manos, meio irritados com a insignificância deles a que ninguém esclarecera o que havia, ficaram também, castigando os perseguidores com a própria inatividade. Lá no escuro do ser estavam desejando que o ladrão escapasse, só pra o grupo não conseguir nada. Um garoto de rua estava ali rente, se esfregando tremido em todos, abobalhado de frio. Um dos Moreiras se vingou:

– Vai pra casa, guri!... de repente vem um tiro...

– Será que ele atira mesmo! perguntou o baita que chegava.

E o velho:

– Tá claro! Quando o Salvini, aquele um que sufocou a mulher no Bom Retiro, ficou cercado...

Mas de súbito o apito do guarda agarrou trilando nos peitos, em fermatas alucinantes. Todos recuaram, virados pro lado do apito. Várias janelas fecharam.

O grupo estacara em frente de umas casas, quase no meio do quarteirão. Eram dois sobradinhos gêmeos, paredes-meias, na frente e nos lados opostos os canteiros de burguesia difícil. Os perseguidores trocavam palavras propositalmente em voz muito alta. O homem decerto ficava amedrontado com tanta gente... Se entregava, era inútil lutar... Em qual das casas bater? O que vira o fugitivo pular no jardinzinho, quem sabe um dos rapazes guardando a esquina, não estava ali pra indicar. Aliás ninguém pusera reparo em quem falara. Os mais cuidadosos, três, tinham se postado na calçada fronteira, junto ao portão entreaberto, bom pra esconder. Se miraram ressabiados, com um bocado de vergonha. Mas um, sorrindo:

– Tenho família.

– Idem.

– Pode vir alguma bala...

– Eu me armei, por via das dúvidas!

Quase todas as janelas estavam iluminadas, botando um ar de festa inédito na rua. Saía mais gente encapuçada nas portas, coleção morna de pijamas comprados feitos, transbordando pelos capotes mal vestidos. O guarda estava tonto, sustentando posição aos olhos do grupo que dependia dele. Mas lá vinham mais dois polícias correndo. Aí o guarda apitou com entusiasmo e foi pra bater numa das casas. Mas da janela da outra jorrou de chofre no grupo uma luz, todos recuaram. Era uma senhora, ainda se abotoando.

– Que é! que foi que houve, meu Deus!

– Dona, acho que entrou um homem na sua casa que...

– Ai, meu Deus!

– ... a gente veio...

– Nossa Senhora! meus filhos!

Desapareceu na casa. De repente escutou-se um choro horrível de criança lá dentro. Um segundo todos ficaram petrificados. Mas era preciso salvar o menino, e à noção do "menino" um ardor de generosidade inflamou todos. Avançaram, que pedir licença nem nada! uns pulando a gradinha, outros já se ajudando a subir pela janela mesmo, outros forçando a porta.

Que se abriu. A senhora apareceu, visão de pavor, desgrenhada, com as três crianças. A menina, seus oito anos, grudada na saia da mãe, soltava gritos como se a estivessem matando. A decisão foi instantânea, a imagem da desgraça virilizara o grupo. A italiana de uma das casas operárias defronte vira tudo, nem se resguardara: veio no camisolão, abriu com energia passagem pelos homens, agarrou a menina nos braços, escudando-a com os ombros contra tiros possíveis, fugira pra casa. Um dos homens imitando a decidida, agarrara outra criança, e empurrando a senhora com o menorzinho no colo, levara tudo se esconder na casa da italiana. Os outros se dividiram. Barafustaram pela casa aberta, alguns forçaram num átimo a porta vizinha, tudo fácil de abrir, donos em viagem, a casa se iluminou toda. Veio um gritando na janela do sobrado:

– Por trás não fugiu, o muro é alto!

– Ói lá!

Era a mocetona duma das janelas operárias fronteiras, a *vanity-case* de metalzinho esmaltado na mão, largara de se empoar, apontando. Toda a gente parou estarrecida, adivinhando um jeito de se resguardar do facínora.

Olharam pra mocetona. Ela apontava no alto, aos gritos. Era no telhado. Um dos cautelosos, não se enxergava bem por causa das árvores, criou coragem, se abaixou e pôde ver. Deu um berro, avisando:

– Está lá!

E veio feito uma bala, atravessando a rua, se resguardar na casa onde empoleirara o ladrão. Os dois comparsas dele o imitaram. As janelas em frente se fecharam rápidas, bateu uma escureza sufocante. E os polícias, o rapaz, todos tinham corrido pra junto do homem que vira, se escondendo com ele, sem saber do quê, de quem, a evidência do perigo independendo já das vontades. Mas logo um dos polícias reagindo, sacudiu o horrorizado, fazendo-o voltar a si, perguntando gritado, com raiva. E a raiva contra o cauteloso dominou o grupo. Ele enfim respondeu:

– Eu também vi... (mal podia falar) no telhado...

– Dissesse logo!

– Está no telhado!

– Vá pra casa, medroso!

– Medroso não!

O rapaz atravessou a rua correndo, pra ver se enxergava ainda. O grupo estourou de novo pelas duas casas adentro.

– Ele não tem pra onde pular!

– Tá coitado!

– Que cuidado! ele que venha!

– Falei "coitado"...

Nos quintais dos fundos mais gente inspecionava o telhado único das casas gêmeas. Não havia por onde fugir. E a caça continuava sanhuda. Os dois sobrados foram esmiuçados, quarto por quarto, não houve guarda-roupa que não abrissem, examinaram tudo. Nada.

– Mas não há nada! um falou.

– Quem sabe se entrou no forro?

– Entrou no forro!

– Tem claraboia?

– Não vi.

– Tem claraboia?

O rapaz, do outro lado da rua, examinara bem. Na parte de frente do telhado, positivamente o homem não estava mais. Algumas janelas se entreabriram de novo, medrosas, riscando luzes nas calçadas.

– Pegaram?

– P...

Mas alguém lhe segurara o braço, virou com defesa.

– Meu filho! olhe a sua asma! Deixe, que os outros pegam! Está tão frio!...

O rapaz, deu um desespero nele, a assombração medonha da asma... Foi vestindo maquinalmente o sobretudo que a mãe trouxera.

– Olha!... ah, não é... Também não sei pra que o prefeito põe tanta árvore na rua!

– Mas afinal o quê que foi, hein? perguntavam alguns, chegados tarde demais pra se apaixonarem pelo caso.

– Eu nem não sei!... diz-que estão pegando um ladrão.

– Vamos pra casa, filhinho!...

... aquele fantasma da sufocação, peito chiando noite inteira, nem podia mais nadar... Virou com ódio pro sabe-tudo:

– Quem lhe contou que é ladrão!

Brotou em todos a esperança de alguma coisa pior.

– O que é, hein?

A pergunta vinha da mulher sem nenhum prazer. O rapaz olhou-a, aquele demônio da asma... deu de ombros, nem respondeu. Ele mesmo nem sabia certo, entrara do trabalho, apenas despira o sobretudo, ainda estava falando com a mãe já na cama, pedindo a benção, quando gritaram "Pega!" na rua. Saíra correndo, vira o guarda não muito longe, um vulto que fugia, fora ajudar. Mas aquele demônio medonho da asma... O anulou uma desesperança rancorosa. Entre os dentes:

– Desgraçado...

Foi-se embora. De raiva. A mãe mal o pôde seguir, quase correndo, feliz! feliz por ganhar o filho àquela morte certa.

Agora a maioria dos perseguidos saíra na rua. Nem no interior do telhado encontraram o homem. Como fazer!

– Ficou gente no quintal, vigiando?

– Chi! tem pra uns dez decididos lá!

Era preciso calma. Lá na janela da mocetona operária começara uma bulha desgraçada. Os irmãos mais novos estavam dando um baile nela, primeiro insultando, depois caçoando que ela nem não tinha visto nada, só medo. Ela jurava que sim, se apoiava no medroso que enxergara também, mas ele não estava mais ali, tinha ido embora, danado de o chamarem medroso, esses bestas! A mocetona gesticulava, com o metalzinho da *vanity-case* brilhando no ar. Afinal acabou atirando com a caixinha bem na cara do irmão próximo e feriu. Veio a mãe, veio o pai, precisou vir mais gente, que os irmãos cegados com a gota de sangue queriam massacrar a mocetona.

Organizou-se uma batida em regra, eram uns vinte. As demais casas vizinhas estavam sendo varejadas também, quem sabe... Alguns foram-se embora que tinha muita gente, não eram necessários mais. Mas paravam pelas janelas, pelas portas, respondendo. Nascia aquela vontade de conversar, de comentar, lembrar casos. Era como se se conhecessem de sempre.

– Te lembra, João, aquele bebo no boteco da...

– Nem me!...

Não encontraram nada nas casas e todos vieram saindo para as calçadas outra vez. Ninguém desanimara, no entanto. Apenas despertara em todos uma vontade de alívio, todos certos que o ladrão fugira, estava longe, não havia mais perigo pra ninguém.

O guarda conversava pabulagem, bem distraído num grupo, do outro lado da rua. Veio chegando, era a vergonha do quarteirão, a mulher do português das galinhas. Era uma rica, linda com aqueles beiços largos, enquanto o Fernandes quarentão lá partia no forde passar três, quatro dias na granja de Santo André. Ela, quem disse ir com ele! Chegava o entregador da *Noite*, batia, entrava. Ela fazia questão de não ter criada, comiam de pensão, tão rica! Vinha o mulato da marmita, pois entrava! E depois diz-que vivia sempre com doença, chamando cada vez era um médico novo, desses que ainda não têm automóvel. Até o padeirinho da tarde, que tinha só... quinze? dezesseis anos? entrava, ficava tempo lá dentro.

O jornaleiro negava zangado, que era só pra conversar, senhora boa, mas o entregadorzinho do pão não dizia nada, ficava se rindo, com sangue até nos olhos, de vergonha gostosa.

Foi um silêncio carregado, no grupo, assim que ela chegou. As duas operárias honestas se retiraram com fragor, facilitando os homens. Se espalhou um cheiro por todos, cheiro de cama quente, corpo ardente e perfumado recendente. Todos ficaram que até a noite perdera a umidade gélida. De-fato, a neblininha se erguera, e a cada uma janela que fechava, vinha pratear mais forte os paralelepípedos uma calma elevada de lua.

Vários grupos já não tinham coesão possível, bastante gente ia dormir. Por uma das janelas agora, pouco além das duas casas, se via um moço magro, de cabelo frio escorrendo, num pijama azul, perdido o sono, repetindo o violino. Tocava uma valsa que era boa, deixando aquele gosto da tristeza no ar.

Nisto a senhora não pudera mais consigo, muito inquieta com a casa aberta em que tantas pessoas tinham entrado, apareceu na porta da italiana. Esta insistia com a outra pra ficar dormindo com ela, a senhora hesitava, precisava ir ver a casa, mas tinha medo, sofria muito, olhos molhados sem querer.

A conversa vantajosa do grupo da portuguesa parou com a visão triste. E o guarda, sem saber que era mesmo ditado pela portuguesa, heroico se sacrificou. Destacou-se do grupo insaciável, foi acompanhar a senhora (a portuguesa bem que o estaria admirando), foi ajudar a senhora mais a italiana a fechar tudo. Até não havia necessidade dela dormir na casa da outra, ele ficava guardando, não arredava pé. E sem querer, dominado pelos desejos, virou a cara, olhou lá do outro lado da calçada a portuguesa fácil. Talvez ela ficasse ali conversando com ele, primeiro só conversando, até de-manhã...

Alguns dos perseguidores, agrupados na porta da casa, tinham se esquecido, naquela conversa apaixonada, o futebol do sábado. Se afastaram, deixando a dona entrar com o guarda. Olharam-na com piedade mas sorrindo, animando a coitada. Nisto chegou com estalidos seu Nitinho e tudo se resolveu. Seu Nitinho era compadre da senhora, muito amigo da família, morava duas quadras longe. Viera logo com a espingarda passarinheira dos domingos, proteger a comadre. Dormiria na casa também, ela podia ficar no seu bem-bom com os filhinhos, salva com a proteção. E a senhora, mais confiante, entrou na casa.

– É, não há nada.

Foi um alívio em todos. A italiana já trazia as crianças, se rindo, falando alto, gesticulando muito, insistindo na oferta do leite. Mas a senhora tinha suficiente leite em casa, também. Pois a italiana assim mesmo conseguiu vencer a reserva da outra, e invadiu a cozinha, preparando um café. A lembrança do café animou todos. Os perseguidores se convidaram logo, com felicidade. Só o pobre do guarda, mais uma vez sacrificado, não pôde com o sexo, foi se reunir ao grupo da portuguesa.

Eis que a valsa triste acabou. Mas da sombra das árvores em frente, umas quatro ou cinco pessoas, paralisadas pela magnitude da música, tinham, por alegria, só por pândega, pra desopilar, pra acabar com aquela angústia miúda que ficara, nem sabiam! tinham... enfim, pra fazer com que a vida fosse engraçada um segundo, tinham arrebentado em aplausos e bravos. E todos, com os aplausos, todos, o grupo da portuguesa, a mocetona com os manos já mansos, os perseguidores da porta, dois ou três mais longe, todos desataram na risada. Foi aquela risada imensa pela rua. E aplaudiram também. Só o violinista não riu. Era a primeira consagração. E o peitinho curto dele até parou de bater.

Soaram duas horas num relógio de parede. Os que tinham relógio, consultaram. Um galo cantou. O canto firme lavou o ar e abriu o orfeão de toda a galaria do bairro, uma bulha encarnada radiando no céu lunar. O violinista reiniciara a valsa, porque tinham ido pedir mais música a ele. Mas o violino, bem correto, só sabia aquela valsa mesmo. E a valsa dançava queixosa outra vez, enchendo os corações.

– Eu! numa varsa dessa, mulher comigo, eu que mando!

E olhou a portuguesa bem nos olhos. Ela baixou os dela, puros, umedecendo os lábios devagar. Os outros ficaram com ódio da declaração do guarda lindo, bem-arranjado na farda. Se sentiram humilhados nos pijamas reles, nos capotes mal vestidos, nos rostos sujos de cama. Todos, acintosamente, por delicadeza, ocultando nas mãos cruzadas ou enfiadas nos bolsos, a indiscrição dos corpos. A portuguesa, em êxtase, divinizada, assim violentada altas horas, por sete homens, traindo pela primeira vez, sem querer, violentada, o marido da granja.

Na porta da casa, a italiana triunfante distribuía o café. Um momento hesitou, olhando o guarda do outro lado da rua. Mas nisto fagulhou uma risadinha em todos lá no grupo, decerto alguma piada sem-vergonha, não!

não dava café ao guarda! Pegou na última xícara, atravessou teatralmente a rua olhando o guarda, ele ainda imaginou que a xícara era pra ele. E a italiana entrou na casa dela, levando o café para o marido na cama, dormindo porque levantava às quatro, com o trabalho em Pirituba.

Foi um primeiro malestar no grupo da portuguesa: todos ficaram com vontade de beber um café bem quentinho. Se ela convidasse... Ela bem queria mas não achava razão. O guarda se irritou, qual! não tinha futuro! assim com tanta gente ali... Perdera o café. Ainda inventou ir até a casa, saber se a senhora não precisava de nada. Mas a italiana olhara pra ele com tanta ofensa, a xícara bem agarrada na mão, que um pudor o esmagou. Ficou esmagado, desgostoso de si, com um princípio de raiva da portuguesa. De raiva, deu um trilo no apito e se foi, rondando os seus domínios.

Os perseguidores tinham bebido o café, já agora perfeitamente repostos em suas consciências. Lhes coçava um pouco de vergonha na pele, tinham perseguido quem?... Mas ninguém não sabia. Uns tinham ido atrás dos outros, levados pelos outros, seria ladrão?...

– Bem, vou chegando.

– É. Não tem mais nada.

Boa-noite, boa-noite...

E tudo se dispersou. Ainda dois mais corajosos acompanharam a portuguesa até a porta dela, na esperança nem sabiam do quê. Se despediram delicados, conhecedores de regras, se contando os nomes próprios, seu criado. Ela, fechada a porta, perdidos os últimos passos além, se apoiou no batente, engolindo silêncio. Ainda viria algum, pegava nela, agarrava... Amarrou violentamente o corpo nos braços, duas lágrimas rolaram insuspeitas. Foi deitar sem ninguém.

A rua estava de novo quase morta, janelas fechadas. A valsa acabara o bis. Sem ninguém. Só o violinista estava ali, fumando, fumegando muito, olhando sem ver, totalmente desamparado, sem nenhum sono, agarrado a não sei que esperança de que alguém, uma garota linda, um fotógrafo, um milionário disfarçado, lhe pedisse pra tocar mais uma vez. Acabou fechando a janela também.

Lá na outra esquina do outro quarteirão, ficara um último grupinho de três, conversando. Mas é que lá passava bonde.

O POÇO

Ali pelas onze horas da manhã o velho Joaquim Prestes chegou no pesqueiro. Embora fizesse força em se mostrar amável por causa da visita convidada para a pescaria, vinha mal-humorado daquelas cinco léguas de fordinho cabritando na estrada péssima. Aliás o fazendeiro era de pouco riso mesmo, já endurecido por setenta e cinco anos que o mumificavam naquele esqueleto agudo e taciturno.

O fato é que estourara na zona a mania dos fazendeiros ricos adquirirem terrenos na barranca do Moji pra pesqueiros de estimação. Joaquim Prestes fora dos que inventaram a moda, como sempre: homem cioso de suas iniciativas, meio cultivando uma vaidade de família – gente escoteira por aqueles campos altos, desbravadora de terras. Agora Joaquim Prestes desbravava pesqueiros na barranca fácil do Moji. Não tivera que construir a riqueza com a mão, dono de fazendas desde o nascer, reconhecido como chefe, novo ainda. Bem rico, viajado, meio sem quefazer, desbravava outros matos.

Fora o introdutor do automóvel naquelas estradas, e se o município agora se orgulhava de ser um dos maiores produtores de mel, o devia ao velho Joaquim Prestes, primeiro a se lembrar de criar abelhas ali. Falando o alemão (uma das suas "iniciativas" goradas na zona) tinha uma verdadeira biblioteca sobre abelhas. Joaquim Prestes era assim. Caprichosíssimo, mais cioso de mando que de justiça, tinha a idolatria da autoridade. Pra comprar o seu primeiro carro fora à Europa, naqueles tempos em que os automóveis eram mais europeus que americanos. Viera uma "autoridade" no assunto. E o mesmo com as abelhas de que sabia tudo. Um tempo até lhe dera de reeducar as abelhas nacionais, essas "porcas" que misturavam o mel com a samora. Gastou anos e dinheiro bom nisso, inventou ninhos artificiais, cruzou raças, até fez vir umas abelhas amazônicas. Mas se mandava nos homens e todos obedeciam, se viu obrigado a obedecer às abelhas que não se educaram um isto. E agora que ninguém falasse perto dele numa inocente jeteí, Joaquim Prestes xingava. Tempo de florada no cafezal ou nas fruteiras do pomar maravilhoso, nunca mais foi feliz. Lhe amargavam penosamente aquelas mandassaias, mandaguaris, bijuris que vinham lhe roubar o mel da *Apis Mellifica*.

E tudo o que Joaquim Prestes fazia, fazia bem. Automóveis tinha três. Aquela marmon de luxo pra o levar da fazenda à cidade, em compras e visitas. Mas como fosse um bocado estreita para que coubessem à vontade, na frente, ele choferando e a mulher que era gorda (a mulher não podia ir atrás com o mecânico, nem este na frente e ela atrás) mandou fazer uma rolls--royce de encomenda, com dois assentos na frente que pareciam poltronas de hol, mais de cem contos. E agora, por causa do pesqueiro e da estrada nova, comprara o fordinho cabritante, todo dia quebrava alguma peça, que o deixava de mau-humor.

Que outro fazendeiro se lembrara mais disso! Pois o velho Joaquim Prestes dera pra construir no pesqueiro uma casa de verdade, de tijolo e telha, embora não imaginasse passar mais que o claro do dia ali, de medo da maleita. Mas podia querer descansar. E era quase uma casa-grande se erguendo, quarto do patrão, quarto pra algum convidado, a sala vasta, o terraço telado, tela por toda a parte pra evitar pernilongo. Só desistiu da água encanada porque ficava um dinheirão. Mas a casinha, por detrás do bangalô, até era luxo, toda de madeira aplainada, pintadinha de verde pra confundir com os mamoeiros, os porcos de raça por baixo (isso de fossa nunca!) e o vaso de esmalte e tampa. Numa parte destocada do terreno, já pastavam no capim novo quatro vacas e o marido, na espera de que alguém quisesse beber um leitezinho caracu. E agora que a casa estava quase pronta, sua horta folhuda e uns girassóis na frente, Joaquim Prestes não se contentara mais com a água da geladeira, trazida sempre no forde em dois termos gordos, mandara abrir um poço.

Quem abria era gente da fazenda mesmo, desses camaradas que entendem um pouco de tudo. Joaquim Prestes era assim. Tinha dez chapéus estrangeiros, até um panamá de conto de réis, mas as meias, só usava meias feitas pela mulher, "pra economizar" afirmava. Afora aqueles quatro operários ali, que cavavam o poço, havia mais dois que lá estavam trabucando no acabamento da casa, as marteladas monótonas chegavam até à fogueira. E todos muito descontentes, rapazes de zona rica e bem servida de progresso, jogados ali na ceva da maleita. Obedeceram, mandados, mas corroídos de irritação.

Só quem estava maginando que enfim se arranjara na vida era o vigia, esse, um caipira da gema, bagre sorna dos alagados do rio, maleiteiro eterno a viola e rapadura, mais a mulher e cinco famílias enfezadas. Esse agora, se quisesse, tinha leite, tinha ovos de legornes finas e horta de semente. Mas lhe bastava imaginar que tinha. Continuava feijão com farinha, e a carne-seca do domingo.

Batera um frio terrível esse fim de julho, bem diferente dos invernos daquela zona paulista, sempre bem secos nos dias claros e solares, e as noites de uma nitidez sublime, perfeitas pra quem pode dormir no quente. Mas aquele ano umas chuvas diluviais alagavam tudo, o couro das carteiras embolorava no bolso e o café apodrecia no chão.

No pesqueiro o frio se tornara feroz, lavado daquela umidade maligna que, além de peixe, era só o que o rio sabia dar. Joaquim Prestes e a visita foram se chegando pra fogueira dos camaradas, que logo levantaram, machucando chapéu na mão, bom-dia, bom-dia. Joaquim Prestes tirou o relógio do bolso, com muita calma, examinou bem que horas eram. Sem censura aparente, perguntou aos camaradas se ainda não tinham ido trabalhar.

Os camaradas responderam que já tinham sim, mas que com aquele tempo quem aguentava permanecer dentro do poço continuando a perfuração! Tinham ido fazer outra coisa, dando ũa mão no acabamento da casa.

– Não trouxe vocês aqui pra fazer casa.

Mas que agora estavam terminando o café do meio-dia. Espaçavam as frases, desapontados, principiando a não saber nem como ficar de pé. Havia silêncios desagradáveis. Mas o velho Joaquim Prestes impassível, esperando mais explicações, sem dar sinal de compreender nem desculpar ninguém. Tinha um, era o mais calmo, mulato desempenado, fortíssimo, bem escuro na cor. Ainda nem falara. Mas foi esse que acabou inventando um jeito humilhante de disfarçar a culpa inexistente, botando um pouco de felicidade no dono. De repente contou que agora ainda ficara mais penoso o trabalho porque enfim já estava minando água. Joaquim Prestes ficou satisfeito, era visível, e todos suspiraram de alívio.

– Mina muito?

– A água vem de com força, sim senhor.

– Mas percisa cavar mais.

– Quanto chega?

– Quer dizer, por enquanto dá pra uns dois palmo.

– Parmo e meio, Zé.

O mulato virou contrariado para o que falara, um rapaz branco, enfezadinho, cor de doente.

– Ocê marcou, mano...

– Marquei sim.

– Então com mais dois dias de trabalho tenho água suficiente.

Os camaradas se entreolharam. Ainda foi o José quem falou:

– Quer dizer... a gente nem não sabe, tá uma lama... O poço tá fundo, só o mano que é leviano pode descer...

– Quanto mede?

– Quarenta e cinco palmo.

– Papagaio! escapou da boca de Joaquim Prestes. Mas ficou muito mudo, na reflexão. Percebia-se que ele estava lá dentro consigo, decidindo uma lei. Depois meio que largou de pensar, dando todo o cuidado lento em fazer o cigarro de palha com perfeição. Os camaradas esperavam, naquele silêncio que os desprezava, era insuportável quase. O rapaz não conseguiu se aguentar mais, como que se sentia culpado de ser mais leve que os outros. Arrancou:

– Por minha causa não, Zé, que eu desço bem.

José tornou a se virar com olhos enraivecidos pro irmão. Ia falar, mas se conteve enquanto outro tomava a dianteira.

– Então ocê vai ficar naquela dureza de trabalho com essa umidade!

– Se a gente pudesse revezar inda que bem... murmurou o quarto, também regularmente leviano de corpo mas nada disposto a se sacrificar. E decidiu:

– Com essa chuvarada a terra tá mole demais, e se afunda!... Deus te livre...

Aí José não pôde mais adiar o pressentimento que o invadia e protegeu o mano:

– 'cê besta, mano! e sua doença!...

A doença, não se falava o nome. O médico achara que o Albino estava fraco do peito. Isso de um ser mulato e o outro branco, o pai espanhol primeiro se amigara com uma preta do litoral, e quando ela morrera, mudara de gosto, viera pra zona da Paulista casar com moça branca. Mas a mulher morrera dando à luz o Albino, e o espanhol, gostando mesmo de variar, se casara mas com a cachaça. José, taludinho, inda aguentou-se bem na orfandade, mas o Albino, tratado só quando as colonas vizinhas lembravam, Albino comeu terra, teve tifo, escarlatina, desinteria, sarampo, tosse comprida. Cada ano era uma doença nova, e o pai até esbravejava nos janeiros: "Que enfermidade le falta, caramba!" e bebia mais. Até que desapareceu pra sempre.

Albino, nem que fosse pra demonstrar a afirmativa do irmão, teve um acesso forte de tosse. E Joaquim Prestes:

– Você acabou o remédio?

– Inda tem um poucadinho, sim sinhô.

Joaquim Prestes mesmo comprava o remédio do Albino e dava, sem descontar no ordenado. Uma vidraça que o rapaz quebrara, o fazendeiro descontou os três mil e quinhentos do custo. Porém montava na marmon, dava um pulo até a cidade só pra comprar aquele fortificante estrangeiro, "um dinheirão!" resmungava. E eram mesmo dezoito milréis.

Com a direção da conversa, os camaradas perceberam que tudo se arranjava pelo melhor. Um comentou:

– Não vê que a gente está vendo se o sol vem e seca um pouco, mode o Albino descer no poço.

Albino, se sentindo humilhado nessa condição de doente, repetiu agressivo:

– Por isso não que eu desço bem! já falei...

José foi pra dizer qualquer coisa mas sobresteve o impulso, olhou o mano com ódio. Joaquim Prestes afirmou:

– O sol hoje não sai.

O frio estava por demais. O café queimando, servido pela mulher do vigia, não reconfortara nada, a umidade corroía os ossos. O ar sombrio fechava os corações. Nenhum passarinho voava, quando muito algum pio magoado vinha botar mais tristeza no dia. Mal se enxergava o aclive da barranca, o rio não se enxergava. Era aquele arminho sujo da névoa, que assim de longe parecia intransponível.

A afirmação do fazendeiro trouxera de novo um som apreensivo no ambiente. Quem concordou com ele foi o vigia chegando. Só tocou de leve no chapéu, foi esfregar forte as mãos, rumor de lixa, em cima do fogo. Afirmou baixo, com voz taciturna de afeiçoado àquele clima rúim:

– Peixe hoje não dá.

Houve um silêncio. Enfim o patrão, o busto dele foi se erguendo impressionantemente agudo, se endireitou rijo e todos perceberam que ele decidira tudo. Com má vontade, sem olhar os camaradas, ordenou:

– Bem... é continuar todos na casa, vocês estão ganhando.

A última reflexão do fazendeiro pretendera ser cordial. Mas fora navalhante. Até a visita se sentiu ferida. Os camaradas mais que depressa debandaram, mas Joaquim Prestes:

– Você me acompanhe, Albino, quero ver o poço.

Ainda ficou ali dando umas ordens. Haviam de tentar uma rodada assim mesmo. Afinal jogou o toco do cigarro na fogueira, e com a visita se dirigiu para a elevação a uns vinte metros da casa, onde ficava o poço.

Albino já estava lá, com muito cuidado retirando as tábuas que cobriam a abertura. Joaquim Prestes, nem mesmo durante a construção, queria que caíssem "coisas" na água futura que ele iria beber. Afinal ficaram só aquelas tábuas largas, longas, de cabreúva, protegendo a terra do rebordo do perigo de esbarrondar. E mais aquele aparelho primário, que "não era o elegante, definitivo" Joaquim Prestes foi logo explicando à visita, servindo por agora pra descer os operários no poço e trazer terra.

– Não pise aí, nhô Prestes! Albino gritou com susto.

Mas Joaquim Prestes queria ver a água dele. Com mais cuidado, se acocorou numa das tábuas do rebordo e firmando bem as mãos em duas outras que atravessavam a boca do poço e serviam apenas pra descanso da caçamba, avançou o corpo pra espiar. As tábuas abaularam. Só o viram fazer o movimento angustiado, gritou:

– Minha caneta!

Se ergueu com rompante e sem mesmo cuidar de sair daquela bocarra traiçoeira, olhou os companheiros, indignado:

– Essa é boa!... Eu é que não posso ficar sem a minha caneta-tinteiro! Agora vocês hão-de ter paciência, mas ficar sem minha caneta é que eu não posso! têm que descer lá dentro buscar! Chame os outros, Albino! e depressa! que com o barro revolvido como está, a caneta vai afundando!

Albino foi correndo. Os camaradas vieram imediatamente, solícitos, ninguém sequer lembrava mais de fazer corpo mole nem nada. Pra eles era evidente que a caneta-tinteiro do dono não podia ficar lá dentro. Albino já tirava os sapatões e a roupa. Ficou nu num átimo da cintura pra cima, arregaçou a calça. E tudo, num átimo, estava pronto, a corda com o nó grosso pro rapaz firmar os pés, afundando na escureza do buraco. José mais outro, firmes, seguravam o cambito. Albino com rapidez pegou na corda, se agarrou nela, balanceando no ar. José olhava, atento:

– Cuidado, mano...

– Vira.

– Albino...

– Nhô?

– ... veja se fica na corda pra não pisar na caneta. Passe a mão de leve no barro...

– Então é melhor botar um pau na corda pra fincar os pé.

– Qual, mano! vira isso logo!

José e o companheiro viraram o cambito, Albino desapareceu no poço. O sarilho gemeu, e à medida que a corda se desenrolava o gemido foi aumentando, aumentando, até que se tornou num uivo lancinante. Todos estavam atentos, até que se escutou o grito de aviso do Albino, chegado apenas uma queixa até o grupo. José parou o manejo e fincou o busto no cambito.

Era esperar, todos imóveis. Joaquim Prestes, mesmo o outro camarada espiavam, meio esquecidos do perigo da terra do rebordo esbarrondar. Passou um minuto, passou mais outro minuto, estava desagradabilíssimo. Passou mais tempo. José não se conteve. Segurando firme só com a mão direita o cambito, os músculos saltaram no braço magníficos, se inclinou quanto pôde na beira do poço:

– Achoooou!

Nada de resposta.

– Achou, manoooo!...

Ainda uns segundos. A visita não aguentara mais aquela angústia, se afastara com o pretexto de passear. Aquela voz de poço, um tom surdo, ironicamente macia que chegava aqui em cima em qualquer coisa parecida com um "não". Os minutos passavam, ninguém mais se aguentava na impaciência. Albino havia de estar perdendo as forças, grudado naquela corda, de cócoras, passando a mão na lama coberta de água.

– José...

– Nhô. Mas atentando onde o velho estava, sem mesmo esperar a ordem, José asperejou com o patrão:

– Por favor, nhô Joaquim Prestes, sai daí, terra tá solta!

Joaquim Prestes se afastou de má vontade. Depois continuou:

– Grite pro Albino que pise na lama, mas que pise num lugar só.

José mais que depressa deu a ordem. A corda bambeou. E agora, aliviados, os operários entreconversavam. O magruço, que sabia ler no jornal da vendinha da estação, deu de falar, o idiota, no caso do "Soterrado de Campinas". O outro se confessou pessimista, mas pouco, pra não desagradar o patrão. José mudo, cabeça baixa, olho fincado no chão, muito pensando. Mas a experiência de todos ali sabia mesmo que a caneta-tinteiro se metera pelo barro mole e que primeiro era preciso esgotar a água do poço. José ergueu a cabeça, decidido:

– Assim não vai não, nhô Joaquim Prestes, percisa secar o poço.

Aí Joaquim Prestes concordou. Gritaram ao Albino que subisse. Ele ainda insistiu uns minutos. Todos esperavam em silêncio, irritados com aquela teima do Albino. A corda sacudiu, chamando. José mais que depressa agarrou o cambito e gritou:

– Pronto!

A corda enrijou retesada. Mesmo sem esperar que o outro operário o ajudasse, José com músculos de amor virou sozinho o sarilho. A mola deu aquele uivo esganado, assim virada rápido, e veio uivando, gemendo.

– Vocês me engraxem isso, que diabo!

Só quando Albino surgiu na boca do poço o sarilho parou de gemer. O rapaz estava que era um monstro de lama. Pulou na terra firme e tropeçou três passos, meio tonto. Baixou muito a cabeça sacudida com estertor purrr! agitava as mãos, os braços, pernas, num halo de lama pesada que caía aos ploques no chão. Deu aquele disfarce pra não desapontar:

– Puta frio!

Foi vestindo, sujo mesmo, com ânsia, a camisa, o pulôver esburacado, o paletó. José foi buscar o seu próprio paletó, o botou silencioso na costinha do irmão. Albino o olhou, deu um sorriso quase alvar de gratidão. Num gesto feminino, feliz, se encolheu dentro da roupa, gostando.

Joaquim Prestes estava numa exasperação terrível, isso via-se. Nem cuidava de disfarçar para a visita. O caipira viera falando que a mulher mandava dizer que o almoço do patrão estava pronto. Disse um "Já vou" duro, continuando a escutar os operários. O magruço lembrou buscarem na cidade um poceiro de profissão. Joaquim Prestes estrilou. Não estava pra pagar poceiro por causa duma coisa à toa! que eles estavam com má vontade de trabalhar! esgotar poço de pouca água não era nenhuma áfrica. Os homens acharam ruim, imaginando que o patrão os tratara de negros. Se tomaram dum orgulho machucado. E foi o próprio magro, mais independente, quem fixou José bem nos olhos, animando o mais forte, e meio que perguntou, meio que decidiu:

– Bamo!...

Imediatamente se puseram nos preparos, buscando o balde, trocando as tábuas atravessadas por outras que aguentassem peso de homem. Joaquim Prestes e a visita foram almoçar.

Almoço grave, apesar do gosto farto do dourado. Joaquim Prestes estava árido. Dera nele aquela decisão primária, absoluta de reaver a caneta-tinteiro hoje mesmo. Pra ele, honra, dignidade, autoridade não tinha gradação, era uma só: tanto estava no custear a mulher da gente como em reaver a caneta-tinteiro. Duas vezes a visita, com ares de quem não sabe, perguntou sobre o poceiro da cidade. Mas só o forde podia ir buscar o homem e Joaquim Prestes, agora que o vigia afirmara que não dava peixe, tinha embirrado, havia de mostrar que, no pesqueiro dele, dava. Depois que diabo! os camaradas haviam de secar o poço, uns palermas! Estava numa cólera desesperada. Botando a culpa nos operários, Joaquim Prestes como que distrai a culpa de fazê-los trabalhar injustamente.

Depois do almoço chamou a mulher do vigia, mandou levar café aos homens, porém que fosse bem quente. Perguntou se não havia pinga. Não havia mais, acabara com a friagem daqueles dias. Deu de ombros. Hesitou. Ainda meio que ergueu os olhos pra visita, consultando. Acabou pedindo desculpa, ia dar uma chegadinha até o poço pra ver o que os camaradas andavam fazendo. E não se falou mais em pescaria.

Tudo trabalhava na afobação. Um descia o balde. Outro, com empuxões fortes na corda, afinal conseguia deitar o balde lá no fundo pra água entrar nele. E quando o balde voltava, depois de parar tempo lá dentro, vinha cheio apenas pelo terço, quase só lama. Passava de mão em mão, pra ser esvaziado longe e a água não se infiltrar pelo terreno de rebordo. Joaquim Prestes perguntou se a água já diminuira. Houve um silêncio emburrado dos trabalhadores. Afinal um falou com rompante:

– Quá!...

Joaquim Prestes ficou ali, imóvel, guardando o trabalho. E ainda foi o próprio Albino, mais servil, quem inventou:

– Se tivesse duas caçamba...

Os camaradas se sobressaltaram, inquietos, se entreolhando. E aquele peste de vigia lembrou que a mulher tinha uma caçamba em casa, foi buscar. O magruço, ainda mais inquieto que os outros, afiançou:

– Nem com duas caçamba não vai não! é lama por demais! tá minando muito...

Aí o José saiu do seu silêncio torvo pra pôr as coisas às claras:

– De mais a mais, duas caçamba percisa ter gente lá dentro, Albino não desce mais.

– Que que tem, Zé! Deixa de história! Albino meio que estourou.

De resto o dia aquentara um bocado, sempre escuro, nuvens de chumbo tomando o céu todo. Nenhum pássaro. Mas a brisa caíra por volta das treze horas, e o ar curto deixava o trabalho aquecer os corpos movidos. José se virara com tanta indignação para o mano, todos viram: mesmo com desrespeito pelo velho Joaquim Prestes, o Albino ia tomar com um daqueles cachações que apanhava quando pegado no truco ou na pinga. O magruço resolver se sacrificar, evitando mais aborrecimento. Interferiu rápido:

– Nós dois se reveza, José! Desta eu que vou.

O mulato sacudiu a cabeça, desesperado, engolindo raiva. A caçamba chegava e todos se atiraram aos preparativos novos. O velho Joaquim Prestes ali, mudo, imóvel. Apenas de vez em quando aquele jeito lento de tirar o relógio e consultar a claridade do dia, que era feito uma censura tirânica, pondo vergonha, quase remorso naqueles homens.

E o trabalho continuava infrutífero, sem cessar. Albino ficava o quanto podia lá dentro, e as caçambas, lentas, naquele exasperante ir e vir. E agora o sarilho deu de gritar tanto que foi preciso botar graxa nele, não se suportava aquilo. Joaquim Prestes mudo, olhando aquela boca de poço. E quando Albino não se aguentava mais, o outro magruço o revezava. Mas este, depois da primeira viagem, se tomara dum medo tal, se fazia lerdo de propósito, e eram recomendações a todos, tinha exigências. Já por duas vezes falara em cachaça.

Então o vigia lembrou que o japonês da outra margem tinha cachaça à venda. Dava uma chegadinha lá, que o homem também sempre tinha algum trairão de rede, pegado na lagoa.

Aí Joaquim Prestes se destemperou por completo. Ele bem que estava percebendo a má vontade de todos. Cada vez que o magruço tinha que descer eram cinco minutos, dez, mamparreando, se despia lento. Pois até não se lembrara de ir na casinha e foi aquela espera insuportável pra ninguém! (E o certo é que a água minava mais forte agora, livre da muita lama. O dia passava. E uma vez que o Albino subiu, até, contra o jeito dele, veio irritado, porque achara o poço na mesma.)

Joaquim Prestes berrava, fulo de raiva. O vigia que fosse tratar das vacas, deixasse de invencionice! Não pagava cachaça pra ninguém não, seus imprestáveis! Não estava pra alimentar manha de cachaceiro!

Os camaradas, de golpe, olharam todos o patrão, tomados de insulto, feridíssimos, já muito sem paciência mais. Porém Joaquim Prestes ainda insistia, olhando o magruço:

– É isso mesmo!... Cachaceiro!... Dispa-se mais depressa! cumpra o seu dever!...

E o rapaz não aguentou o olhar acutilante do patrão, baixou a cabeça, foi se despindo. Mas ficara ainda mais lerdo, ruminando uma revolta inconsciente, que escapava na respiração precipitada, silvando surda pelo nariz. A visita percebendo o perigo, interveio. Fazia gosto de levar um pescado à mulher, se o fazendeiro permitisse, ele dava um pulo com o vigia lá no tal de japonês. E irritado fizera um sinal ao caipira. Se foram, fugindo daquilo, sem mesmo esperar o assentimento de Joaquim Prestes. Este mal encolheu os ombros, de novo imóvel, olhando o trabalho do poço.

Quando mais ou menos uma hora depois, a visita voltou ao poço outra vez, trazia afobada uma garrafa de caninha. Foi oferecendo com felicidade aos camaradas, mas eles só olharam a visita assim meio de lado, nem responderam. Joaquim Prestes nem olhou, e a visita percebeu que tinha sucedido alguma coisa grave. O ambiente estava tensíssimo. Não se via nem o Albino nem o magruço que o revezava. Mas não estavam ambos no fundo do poço, como a visita imaginou.

Minutos antes, poço quase seco agora, o magruço que já vira um bloco de terra se desprender do rebordo, chegada a vez dele, se recusara descer. Foi meio minuto apenas de discussão agressiva entre ele e o velho Joaquim Prestes, desce, não desce, e o camarada, num ato de desespero, se despedira por si mesmo, antes que o fazendeiro o despedisse. E se fora, dando as costas a tudo, oito anos de fazenda, curtindo uma tristeza funda, sem saber. E Albino, aquela mansidão doentia de fraco, pra evitar briga maior, fizera questão de descer outra vez, sem mesmo recobrar fôlego. Os outros dois, com o fantasma próximo de qualquer coisa mais terrível, se acovardaram. Albino estava no fundo do poço.

Agora o vento soprando, chicoteava da gente não aguentar. Os operários tremiam muito, e a própria visita. Só Joaquim Prestes não tremia nada, firme, olhos fincados na boca do poço. A despedida do operário o despeitara ferozmente, ficara num deslumbramento horrível. Nunca imaginara que num caso qualquer o adversário se arrogasse a iniciativa de decidir por si. Ficara assombrado. Por certo que havia de mandar embora o camarada, mas que este se fosse por vontade própria, nunca pudera imaginar. A sensação do insulto estourara nele feito uma bofetada. Se não revidasse era uma desonra, como se vingar!... Mas só as mãos se esfregando lentíssimas, denunciavam o desconcerto interior do fazendeiro. E a vontade reagia com aquela decisão já desvairada de conseguir a caneta-tinteiro, custasse o que custasse. Os olhos do velho engoliam a boca do poço, ardentes, com volúpia quase. Mas a corda já sacudia outra vez, agitadíssima agora, avisando que o Albino queria subir. Os operários se afobaram. Joaquim Prestes abriu os braços, num gesto de desespero impaciente.

– Também Albino não parou nem dez minutos!

José ainda lançou um olhar de imploração ao chefe, mas este não compreendia mais nada. Albino apareceu na boca do poço. Vinha agarrado na corda, se grudando nela com terror, como temendo se despegar. Deixando o outro operário na guarda do cambito, José com muita maternidade ajudava o mano. Este olhava todos, cabeça de banda decepando na corda, boca aberta. Era quase impossível lhe aguentar o olho abobado. Como não queria se desagarrar da corda, foi preciso o José, "sou eu, mano", o tomar nos braços, lhe fincar os pés na terra firme. Aí Albino largou da corda. Mas com o frio súbito do ar livre, principiou tremendo demais. O seguraram pra não cair. Joaquim Prestes perguntava se ainda tinha água lá em baixo.

– Fa... Fa...

Levou as mãos descontroladas à boca, na intenção de animar os beiços mortos. Mas não podia limitar os gestos mais, tal o tremor. Os dedos dele tropeçavam nas narinas, se enfiavam pela boca, o movimento pretendido de fricção se alargava demais e a mão se quebrava no queixo. O outro camarada lhe esfregava as costas. José veio, tirou a garrafa das mãos da visita, quis desarrolhar mas não conseguindo isso logo com aqueles dedos endurecidos, abocanhou a rolha, arrancou. José estava tão triste... Enrolou, com que macieza! a cabeça do maninho no braço esquerdo, lhe pôs a garrafa na boca:

– Beba, mano.

Albino engoliu o álcool que lhe enchera a boca. Teve aquela reação desonesta que os tragos fortes dão. Afinal pôde falar:

– Farta... é só... tá-tá seco.

Joaquim Prestes falava manso, compadecido, comentando inflexível:

– Pois é, Albino: se você tivesse procurado já, decerto achava. Enquanto isso a água vai minando.

– Se eu tivesse uma lúiz...

– Pois leve.

José parou de esfregar o irmão. Se virou pra Joaquim Prestes. Talvez nem lhe transparecesse ódio no olhar, estava simples. Mandou calmo, olhando o velho nos olhos:

– Albino não desce mais.

Joaquim Prestes ferido desse jeito, ficou que era a imagem descomposta do furor. Recuou um passo na defesa instintiva, levou a mão ao revólver. Berrou já sem pensar:

– Como não desce!

– Não desce não. Eu não quero.

Albino agarrou o braço do mano mas toma com safanão que quase cai. José traz as mãos nas ancas, devagar, numa calma de morte. O olhar não pestaneja, enfiando no do inimigo. Ainda repete, bem baixo, mas mastigando:

– Eu não quero não sinhô.

Joaquim Prestes, o mal pavoroso que terá vivido aquele instante... A expressão do rosto dele se mudara de repente, não era cólera mais, boca escancarada, olhos brancos, metálicos, sustentando o olhar puro, tão calmo, do mulato. Ficaram assim. Batia agora uma primeira escureza do entardecer. José, o corpo dele oscilou milímetros, o esforço moral foi excessivo. Que o irmão não descia estava decidido, mas tudo mais era uma tristeza em José, uma desolação vazia, uma semiconsciência de culpa lavrada pelos séculos.

Os olhos de Joaquim Prestes reassumiam uma vibração humana. Afinal baixaram, fixando o chão. Depois foi a cabeça que baixou, de súbito, refletindo. Os ombros dele também foram descendo aos poucos. Joaquim Prestes ficou sem perfil mais. Ficou sórdido.

– Não vale a pena mesmo...

Não teve a dignidade de aguentar também com a aparência externa da derrota. Esbravejou:

– Mas que diacho, rapaz! vista saia!

Albino riu, iluminando o rosto agradecido. A visita riu pra aliviar o ambiente. O outro camarada riu, covarde. José não riu. Virou a cara, talvez para não mostrar os olhos amolecidos. Mas ombros derreados, cabeça enfiada no peito, se percebia que estava fatigadíssimo. Voltara a esfregar maquinalmente o corpo do irmão, agora não carecendo mais disso. Nem ele nem os outros, que o incidente espantara por completo qualquer veleidade do frio.

Quer dizer, o caipira também não riu, ali chegado no meio da briga pra avisar que os trairões, como Joaquim Prestes exigia, devidamente limpos e envoltos em sacos de linho alvo, esperavam pra partir. Joaquim Prestes rumou pro forde. Todos o seguiram. Ainda havia nele uns restos de superioridade machucada que era preciso enganar. Falava ríspido, dando a lei com lentidão:

– Amanhã vocês se aprontem. Faça frio não faça frio mando o poceiro cedo. E... José...

Parou, voltou-se, olhou firme o mulato:

– ... doutra vez veja como fala com seu patrão.

Virou, continuou, mais agitado agora, se dirigindo ao forde. Os mais próximos ainda o escutaram murmurar consigo: "... não sou nenhum desalmado..."

Dois dias depois o camarada desapeou da besta com a caneta-tinteiro. Foram levá-la a Joaquim Prestes que, sentado à escrivaninha, punha em dia a escrita da fazenda, um brinco. Joaquim Prestes abriu o embrulho devagar. A caneta vinha muito limpa, toda arranhada. Se via que os homens tinham tratado com carinho aquele objeto meio místico, servindo pra escrever sozinho. Joaquim Prestes experimentou mas a caneta não escrevia. Ainda a abriu, examinou tudo, havia areia em qualquer frincha. Afinal descobriu a rachadura.

– Pisaram na minha caneta! brutos...

Jogou tudo no lixo. Tirou da gaveta de baixo uma caixinha que abriu. Havia nela várias lapiseiras e três canetas-tinteiro. Uma era de ouro.

FOI SONHO

– **A**ntão, Frorinda, que é isso! você tá lôca!... Será que você qué abandoná seu negro pru causo de ôtra muié?... Inda que eu fosse um desses misarave que dêxum fartá inté pão im casa, mais eu, Frorinda! que nunca te dexei sem surtimento! E inté trago tudo de sobra pá gente pudê sê feliz... Quando que na casa de sua mãi ocê usô argola nas orêia, feito deusa? sô eu, que quero ocê bunita sempe, bunita pr'eu querê bem, e não bunita pá gozá... Quando o Romero comprô aquela brusa de seda pra muié dele, num comprei logo um vistido intêro p'ocê? Dêxa disso, Frorinda, eu ixprico tudo! Num bamo agora se disgraçá pr'uma coisinha de nada!

... Eu onte caí na farra, tanta gente mascarado divirtino, você tava tão longe pr'eu i buscá... Despois, minha mulé num é pra farra não! eu quis mulé foi pá tá im casa me sirvindo cum duçura, intrei na premera venda e bibi. Antão me deu uma corage de sê o que num tenho sido, você bem sabe que num tenho sido, mais quis caí na farra uma vêiz. Inté tava bem triste pruque de repente me alembrei que decerto o Romero tava im casa cum a famía, im veiz de andá sozinho cumo eu tava, feito sordado na vida... Porém já tinha bibido ôtra veiz, fiquei contente, puis num tenho que dá sastifação ninhuma p'u Romero, eu sô eu! Fui dexá as ferramenta na premera venda que eu sô cunhicido lá, tava todo sujo do trabaio, mai' justifiquei que pra caí na farra num caricia de me trocá. Farra é vergonha, pá sujo de pensamento, sujo de corpo num faiz má.

Agora nem num sei si devo contá o resto, Frorinda, pruque eu quero é num te matratá, já tava bem tonto quano incontrei ela. Nunca tinha visto simiante criatura, mais ela vinha vistida de apache, que agora as muié deu pra visti carça no Carnavá... Vai, ela oiô pra mim e falô ansim: "Ôta mulato proletaro, bam' fazê cumunismo pá i no baile do Colombo junto." Eu inté num achei graça, mais porém todos tavum rindo do meu jeito, num quis ficá pur tráis, me ri tamém. Intão ela s'incostô todinha e suspirô fingido. Todos caírum numa gargaiada que nem num sei o que me deu: pensei logo cumigo que seu negro, Frorinda, é hôme pra uma, duas, déiz muié, eu tava mêrmo tonto, inté jurguei que ocê havia de ficá sintida de seu hôme num demostrá que era capáis de tudo, dei um tapa na padaria dela que ela vuô longe. Antão ela chegô ôtra veiz, sem brincadêra, e segredô baixinho: "Bamo"? Praquê que hei-de falá... mais me deu ũa vontade de i cu'ela. Todos tavum reparando e sinti sastifação. Garrei na cintura dela e fui andano. Minha tenção era chegá nargum lugá sem gente e dá o fora, porém, você me discurpe, Frorinda, era só tenção, cheguemo no Colombo.

Foi a conta! Ansim qu'inxerguei aquela gentarada na maió imoralidade, me cunvinci difinitivo que tinha caído na farra, era tudo um sonho, nada num fazia má, bibi, dancei, caçuei c'os ôtro, ela só se ajeitano pá meu lado... Despois, quano me cunvidô pá i cu'ela, eu disse: "eu vô".

E agora você num qué mais eu só pur causo dessa mulé!... Ocê tá maginano que tenho argum amô pur aquela pirdida!... Eu inté paguei ela!... Foi que ela me falô que o pai apareceu lá im casa da patroa e pidiu cinco mirréis, dizeno que batia nela, eu tive dó, arrispundi: "Pur isso não, você tá quereno i cumigo, intão bamo que despois de eu fazê o sirviço, te dô os cinco mirréis." Tamém quantas veiz lá no trabaio, passa o bananêro, me dá ũa vontade, "Óia aqui, me dá duzentão de banana", você zanga? Pago, como, num trago niúma pr'ocê, você zanga? diga!... Hôme quano vê muié jeitosa, mermo que num seje sua mulé, vontade ele tem mêmo... Me deu vontade cumo das banana. Tamém cumi, paguei, num truxe nada pro ocê. E ocê zangô!...

Isso de "nossa cama", "nossa cama", bamo dexá de bobage, Frorinda! Eu tava bêbo, bêbado não! tava só tonto, num sei que tontice me deu, num tinha lugá, mato eu num gosto, levei ela pra nossa casa. Eu tava bêbo mêmo, púis você divia riagi... Im veiz de saí de casa toda chorano, me chamando de "sem vergonha", sem-vergonha não! que eu sempe tive vergonha na vida, num róbo, num bebo, nunca fiz má pra ninguém! Vô fazê má é pra mim, pruque si ocê me dexá, sinto que vô sofrê demais de te vê disgraçada.

... Nem sei si levei ela im casa na tenção de sê na nossa cama, eu quiria é lugá siguro... você acordô c'u riso dela. Mais porém quano ocê me chamô de sem-vergonha na frente dela, me bateu um ódio de tá manêra, eu disse: Há-de sê na tua cama, quente de teu corpo, sua!... E fiz. Você divia riagi!

Puis é... Hoje de-manhãzinha ela me apareceu lá im casa, fazeno um bué danado. Fui me acordando e pricurei logo ocê, era o custume. Ocê num tava... Antão veio tudo num crarão e logo pircibi que tinha feito ũa bestêra. "Ói, que eu falei pr'ela, é mió você num mete cumigo não, qu'eu já sô de ôtra." Ela garrô chorano arto pr'us vizinho, diz-que eu tinha tirado a honra dela... Fiquei surprindido, mais despois sortei ũa gargaiada, "Ôh negrinha, ocê num vem cum parte não! que quantos num te cunhecêru, heim, negra"!... Mais ela num vê de pará, tava juntano gente, ela gritava que era virge, que inté o Sandrino c'o Romero vinherum pá meu lado, falando que si caricia de tistimunha, eles tavum pá me ajudá. Eu antão fiquei tão cego que crisci pra cima dela, mĩa vontade era matá, me sigurarum. Daí ela saiu correno, gritano que ia na Puliça. Foi quano o Romeno priguntô de ocê, eu fui, fiquei bem carmo, arrispundi que ocê tinha ido na casa de sua mãi. Filizmente que ninguém num tinha iscuitado a increnca da noite...

Antão arresorvi vim buscá ocê. Ói, Frorinda, ocê bem sabe que num sô hôme pra tá tirano a honra de muié... Só tirei a honra de uma, foi você, pruque nós dois se pirtincia. Mais porém te dei a minha, que ocê é que guarda a honra de seu negro, num é mêrmo?... diga! E agora, será que ocê tá quereno me disonrá!... Antão você vai dá de mostrá pr'us ôtro que tu é uma disgraçada, quano num é!...

Eu inté num gosto de jurá pruque sô hôme cumpridô de sua palavra, mais... ói! te juro que nunca mais hei-de oiá pra ôtra mulé, é ocê que eu quero bem, te juro! Bamo fingi que tudo o que sucedeu num sucedeu, foi sonho, e hei-de te prová que foi sonho mêmo, num dexô siná. Bamo cumigo, Frorinda...

TÚMULO, TÚMULO, TÚMULO

B*elazarte me contou:*

Caso triste foi o que sucedeu lá em casa mesmo... Eu sempre falo que a gente deve ser enérgico, nunca desanimar, que se entregar é covardia, porém quando a coisa desanda mesmo não tem vontade, não tem paciência que faça desgraça parar.

Um tempo andei mais endinheirado, com emprego bom e inda por cima arranjando sempre uns biscates por aí, que me deixavam viver à larga. Dinheiro faz cócega em bolso de brasileiro, enquanto não se gasta não há meios de sossegar, pois imaginei ter um criado só pra mim. Achava gostoso esses pedaços de cinema: o dono vai saindo, vem o criado com chapéu e bengala na mão, "Prudêncio, hoje não boio em casa, querendo sair, pode. Té logo". "Té logo, seu Belazarte."

Veio um criado mas eu não simpatizava com ele não. Sei lá si percebeu? uma noite pediu a conta e dei graças. Levei uns pares de dias assim, até que indo ver uns terrenos longe, estava no mesmo banco do bonde um tiziu extraordinário de simpático. Que olhos sossegados! você não imagina. Adoçavam tudo que nem verso de Rilke. Desci matutando, vi os terrenos, peguei o bonde que voltava. Instinto é uma curiosidade: quando o condutor veio cobrar a passagem e percebi que era o mesmo da ida, tive a certeza que o negrinho havia de estar no carro. Olhei para trás, pois não é que estava mesmo! Encontrei os olhos dele, dito e feito: senti uma doçura por dentro uma calma lenta, pensei: está aí, disso é que você carece pra criado. Mudei de banco e meio juruviá puxei conversa:

– Me diga ũa coisa, você não sabe por acaso de algum moço que queira ser meu criado? Mas quero brasileiro e preto.

Riu manso, apalpando a vista com a pálpebra. Me olhou, respondendo com voz silenciosa, essa mesma de gente que não pensa nem viveu passado:

– Tem eu, sim senhor. O senhor querendo...

– Eu, eu quero sim, por que não havia de querer? Quanto você pede?

Etc. E ele entrou pro meu serviço.

Quando indaguei o nome dele, falou que chamava Ellis.

Ellis era preto, já disse... Mas uma boniteza de pretura como nunca eu tinha visto assim. Como linhas até que não era essas coisas, meio nhato, porém aquela cor elevava o meu criado a tipo-de-beleza da raça tizia. Com dezenove anos sem nem um poucadico de barba, a epiderme de Ellis era um esplendor. Não brilhava mas não brilhava nada mesmo! Nem que ele estivesse trabalhando pesado, suor corria, ficava o risco da gota feito rastinho de lesma e só. Bastava que lavasse a cara, pronto: voltava o preto opaco outra vez. Era doce, aveludado o preto de Ellis... A gente se punha matutando que havia de ser bom passar a mão naquela cor humilde, mão que andou todo o dia apertando passe-bem de muito branco emproado e filho-da-mãe. Ellis trazia o cabelo sempre bem roçado, arredondando o coco. Pixaim fininho, tão fofo que era ver piri de beira-rio. Beiço, não se percebia, negro também. Só mesmo o olhar amarelado, cor de ólio de babosa, é que descansava no meio daquela igualdade perfeita. É verdade que os dentes eram brancos, mas isso raramente se enxergava, porque Ellis tinha um sorriso apenas entreaberto. Estava multo igualado com o movimento da miséria pra andar mostrando gengiva a cada passo. A gente tinha impressão de que nada o espantava mais, e que Ellis via tudo preto, do mesmo preto exato da epiderme.

Como criado, manda a justiça contar que ele não foi inteiramente o que a gente está acostumado a chamar de criado bom. Não é que fosse rúim não, porém tinha seus carnegões, moleza chegou ali, parou. Limpava bem as coisas mas levava uma vida pra limpar esta janela. E depois deu de sair muito, não tinha noite que ficasse em casa. Mas no sentido de criado moral, Ellis foi sublime. De inteira confiança, discreto, e sobretudo amigo. Quando eu asperejava com ele, escutava tudo num desaponto que só vendo. Sei que eu desbaratava, ia desbaratando, ia ficando sem assunto pra desbaratar, meio com dó daquele tão humilde que, a gente percebia, não tinha feito nada por mal. Acabava sendo eu mesmo a discutir comigo:

– Sei bem que de tanto lavar copo vem um dia em que um escapole da mão... Está bom, veja si não quebra mais, ouviu?

– Sei, seu Belazarte.

E ficava esperando, jururu que fazia dó. Eu é que encafifava. Com aquele olho-de-pomba me seguindo, arrulhando pelo meu corpo numa bulha penarosa de carinho batido, eu nem sabia o que fazer. Pegava numa gravata, reparando que tinha pegado nela só pra gesticular, largava da gravata, arranja cabelo, arranja não-sei-o-quê, acabava sempre descobrindo poeira na roupa, ũa mancha, qualquer coisa assim:

– Ellis, me limpe isto.

Ele vinha chegando meio encolhido e limpava. Então olho-de-babosa pousava em minha justiça, tremendo:

– Está bom assim, seu Belazarte?

– Está. Pode ir.

Ia. Porém ficava rondando. Mesmo que fosse lá no andar térreo trabalhar, me levava no pensamento, ia imaginando um jeito de me agradar. E não tinha mais parada nos agradinhos discretos enquanto eu não ria pra ele. Então gengiva aparecia. Quando chegava de noite já sabe, vinha pedindo pra ir no cinema, eu tinha pena, deixava. E quantas vezes ainda não acabei dando dinheiro pro cinema!

Nesse andar é lógico que eu mesmo estava fazendo arte de ficar sem criado. Foi o que sucedeu. Ellis tomou conta de mim duma vez. Piorar, piorou não, mas já estava difícil de dizer quem era o criado de nós dois. Sim, porque, afinal das contas quem que é o criado? quem serve ou quem não pode mais passar sem o serviço, digo mais, sem a companhia do outro?

– Ellis, você já sabe ler?... Uhm... acho que vou ensinar francês pra você, porque si um dia eu for pra Europa, não vou sem você.

– Si seu Belazarte for, eu vou também.

Sempre com o mesmo respeito. Às vezes eu chegava em casa sorumbático, moído com a trabalheira do dia, Ellis não falava nada, nem vinha com amolação, porém não arredava pé de mim, descobrindo o que eu queria pra fazer. Foi uma dessas vezes que escutei ele falando no portão pra um companheiro:

– Hoje não, seu Belazarte carece de mim.

Até achei graça. E principiei verificando que aquilo não tinha jeito mais, Ellis não trabalhava. Estava tomando um lugar muito grande em minha vida. Pois então vamos fazer alguma coisa pelo futuro dele, decidi. Entramos os dois numa explicação que me abateu, por causa dos sentimentos desencontrados que me percorreram. Ellis me confessou que pensava mesmo em ser chofer, mas não tinha dinheiro pra tirar a carta. Tive ciúmes, palavra. Secretamente eu achava que ele devia só pensar em ser meu criado. Mas venci o sentimento besta e falei que isso era o de menos, porque eu emprestava os cobres. Só que não pude vencer a fraqueza e, com pretexto de esclarecer, ajuntei:

– Você pense bem, decida e volte me falar. Chofer é bom, dá bem, só que é ofício perigoso e já tem muito chofer por aí. Muitas vezes a gente imagina que faz um giro e faz mas é um jirau. Enfim, tudo isso é com você. Já falei que ajudo, ajudo.

Foi então que ele me confessou que precisava ganhar mais porque estava com vontade de casar.

– Ellis, mas que idade você tem, Ellis!

– Dezenove, sim senhor.

– Puxa! e você já quer casar!

Deu aquele sorriso entreaberto, sossegado:

– Gente pobre carece casar cedo, seu Belazarte, sinão vira que nem cachorro sem dono.

Não entendi logo a comparação. Ellis esclareceu:

– Pois é: cachorro sem dono não vive comendo lixo dos outros?...

Meio que me despeitava também, isso do Ellis gostar de mais outra pessoa que do patrão, porém já sei me livrar com facilidade destes egoísmos. Perguntei quem era a moça.

– É tizia que nem eu mesmo, seu Belazarte. Se chama Dora.

Encabulou, tocando na namorada. Falei mais uma vez pra ele pensar bem no que ia fazer e me comunicasse.

Dias depois ele veio:

– Seu Belazarte... andei matutando no que o senhor me falou, semana atrás...

– Resolveu?

– Pois então a gente pode fazer uma coisa: espero o dia-dos-anos do senhor e depois saio.

Tive um despeito machucando. Decerto fui duro:

– Está bom, Ellis.

Não se mexeu. Depois de algum tempo, muito baixinho:

– Seu Belazarte...

– O que é.

– Mas... seu Belazarte... eu quero sair por bem da casa do senhor... até a Dora me falou que... me falou que decerto o senhor aceitava ser nosso padrinho...

Custou ele falar de tanta comoção. Olhei pra ele. O ólio de babosa destilava duas lágrimas negras no pretume liso. Me comovi também.

– Sai por bem, é lógico! Não tenho queixa nenhuma de você.

– Quando o senhor quiser alguma coisa, me chame que eu venho fazer. O senhor foi muito bom para mim...

– Não fui bom, Ellis, fui como devia porque você também foi direito.

Botei a mão no ombro dele pra sossegar o comovido soluçante, estava engasgado, o pobre!... Sem se esperar, rápido, virou a cara de lado, encolheu o ombro, beijou minha mão, partiu fechando a porta.

Já me sentava outra vez, pensando naquele beijo que fazia a minha mão tão recompensada por toda a humanidade, a porta abriu de leve. E ele, não se mostrando:

– Seu Belazarte, o senhor não falou que aceitava...

Até me ri.

– Aceito, Ellis! Quando que você casa?

– Si arranjar licença logo, caso no 8 de dezembro, sim senhor, dia da Virgem Maria.

Não me logrou, porém logrou a Virgem Maria. Saiu de casa dias depois do meu aniversário, e nem bem dona República fez anos, casou com a Dora, num dia claro que parecia querer durar a vida inteira. Cheguei do casamento com uma felicidade artística dentro de mim. Você não imagina que coisa mais bonita Ellis e Dora juntos! Mulatinha lisa, lisa, cor de ouro, isto é, cor de ólio de babosa, cor dos olhos de Ellis! E nos olhos então todo esse pretume impossível que o medo põe na cor do mato à noite. Você decerto que já reparou: a gente vê uns olhos de menina boa e jura: "Palavra que nunca vi olho tão preto", vai ver? quando muito olho é cor de fumo de Mapingui. É o receio da gente que bota escureza temível nos olhos desses nossos pecados... Que gostosa a Dora! Era uma pretarana de cabelo acolchoado e corpo de potranquinha independente. Tinha um jeito de não-querer, muito fiteiro, um dengue meio fatigado oscilando na brisa, tinha uma fineza de S espichado, que fazia ela parecer maior do que era, uma graça flexível... Nem sei bem o que é que o corpo dela tinha, só sei que espantava tanto o desejo da gente, que desejo ficava de boca aberta, extasiado, sem gesto, deixando respeitosamente ela passar por entre toda a cristandade... Dora linda!

Ellis desapareceu uns meses e me esqueci dele. A vida é tão bondosa que nunca senti falta de ninguém. Reapareceu. Foi engraçado até. Me levantei tarde, desci pra beber meu mate, Ellis no hol, encerando.

– Bom-dia, seu Belazarte.

– Ué! que que você está fazendo aqui!

– Dona Mariquinha me chamou pra limpar a casa.

– Mas você não está trabalhando então!

– Trabalho, sim senhor, mas a vida anda mesmo dura, seu Belazarte, a gente carece de ir pegando o que acha.

A fúria de casar borrara os sonhos do chofer. Vivia de pedreiro. Mamãe encontrou com ele e se lembrou de dar esse dinheiro semanal pro mendigo quasi. Um Ellis esmolambado, todo sujo de cal. Dora andava com muito enjoo, coisa do filho vindo. Não trabalhava mais. Ellis com pouco serviço. Estava magro e bem mais feio. De repente uma semana não apareceu. Que é, que não é, afinal veio uma conhecida contar que Ellis tinha adoecido de resfriado, estava tossindo muito, aparecendo uns caroços do lado da cara. Quando vi ele até assustei, era um caroção medonho, parecendo abscesso. Foi no dentista, não sei... dentista andou engambelando Ellis um sem-fim de tempo, começou aparecendo novo caroço do outro lado da cara. Mamãe imaginou que era anemia. Mandamos Ellis no médico de casa, com recomendação. Resultado: estava fraquíssimo do peito e si não tomasse cuidado, bom!

Calvário começou. Ele não sabia bem o que havia de fazer, eu também não podia estar recolhendo dois em casa. Inda mais doentes! Vacas magras também estavam pastando no meu campo nesse tempo... Foi uma tristeza. Ellis andou de cá pra lá, fazendo tudo e não fazendo nada. Mandou buscar a mãe, que vivia numa chacrinha emprestada em Botucatu, foram morar todos juntos na lonjura da Casa Verde, diz-que pra criar galinha e por causa do ar bom. Não arranjaram nada com as galinhas nem com os ares. Vieram pra cidade outra vez. Foram morar perto de casa, num porão, depois eu vi o porão, que coisa! Todos morando no buraco de tatu, Ellis, Dora, a mãe dele e mais dois gafanhotinhos concebidos de passagem.

Ellis voltara pra pedreiro, encerava nossa casa e outras que arranjamos, andou consertando esgotos, depois na Companhia de Gás... Não tinha parada, emagrecendo, não se descobriu remédio que acabasse inteiramente com os caroços.

Meio rindo, meio sério, nem eram bem sete da manhã, um dia apareceu contando que era pai. Vinha participar e:

– Seu Belazarte, vinha também saber si o senhor queria ser padrinho do tiziu, o senhor já está servindo de meu tudo mesmo.

Falei que sim, meio sem gostar nem desgostar, estava já me acostumando. Dei vinte milréis. Mamãe, que era a madrinha, andou indo lá no porão deles, arranjando roupas de lã pro desgraçadinho novo.

Nem semana depois, chego em casa e mamãe me conta que Dora tinha adoecido. Pedi pra ela ir lá outra vez, ela foi. Mandamos médico. Dora piorou do dia pra noite, e morreu quem a gente menos imaginava que morresse. Número um.

Agora sim, e a criança? É verdade que a mãe do Ellis tinha inda filho de peito, desmamou o safadinho que já estava errando língua portuguesa, e o leite dela foi mudando de porão.

O dia do batizado, sofri um desses desgostos, fatigantes pra mim que vivo reparando nas coisas. Primeiro quis que o menino se chamasse Benedito, nome abençoado de todos os escravos sinceros, porém a mãe do Ellis resmungou que a gente não devia desrespeitar vontade de morto, que Dora queria que o filho chamasse Armando ou Luis Carlos. Então pus autoridade na questão e cedendo um pouco também, acabamos carimbando o desgraçadinho com o título de Luís.

Havia muita lembrança de Dora naquilo tudo, há só dois dias que ela adormecera. Fizemos logo o batizado porque o menino estava muito aniquiladinho.

Engraçado o Ellis... Até hoje não me arrisco a entender bem qual era o sentimento dele pela Dora. Quando veio me comunicar a morte da pobre, até parecia que eu gostava mais dela, com este meu jeito de ficar logo num pasmo danado, sucedendo cosa triste.

– Dora morreu, seu Belazarte.

– Morreu, Ellis!

Nem posso explicar com quanto sentimento gritei. Ellis também não estava sossegado não, mas parecia mais incapacidade de sofrer que tristeza verdadeira. O amarelão dos olhos ficara rodeado dum branco vazio. Dora ia fazer falta física pra ele, como é que havia de ser agora com os desejos? Isso é que está me parecendo foi o sofrimento perguntado do Ellis. E pra decidir duma vez a indecisão, ele vinha pra mim cuja amizade compensava. E seria mesmo por amizade? Aqui nem a gente pode saber mais, de tanto que os interesses se misturavam no gesto, e determinavam a fuga de Ellis pra junto de mim. Eu era amigo dele, não tinha dúvida, porém numa ocasião como aquela não é muito de amigo que a gente precisa não, é mais de pessoa que saiba as coisas. Eu sabia as coisas, e havia de arranjar um jeito de acomodar a interrogação.

... e quem diz que na amizade também não existe esse interesse de ajutório?... Existe, só que mais bonito que no amor, porque interesse está longe do corpo, é mistério da vida silenciosa espiritual. Depois, amor... É inútil os pernósticos estarem inventando coisas atrapalhadas pra encherem o amor de trezentas auroras-boreais ou caem no domínio da amizade, que também pode existir entre bigode e seios, ou então principiam sutilizando os gestos físicos de amor, caem na bandalheira. Observando, feito eu, amor de sem-educação, a gente percebe mesmo que nele não tem metafísica: uma escolha proveniente do sentimento que a babosa recebe dum corpo estranho, e em seguida furrum-fum-fum. A força do amor é que ele pode ser ao mesmo tempo amizade. Mas tudo o que existe de bonito nele, não vem dele não, vem da amizade grudada nele. Amor quando enxerga defeito no objeto amado, cega: "Não faz mal!" Mas o amigo sente: "Eu perdoo você." Isso é que é sublime no amigo, essa repartição contínua de si mesmo, coisa humana profundamente, que faz a gente viver duplicado, se repartindo num casal de espíritos amantes que vão, feito passarinhos de voo baixo, pairando rente ao chão sem tocar nele...

Dora era corpo só. E uma bondade inconsciente. Eu não tinha corpo mas era protetor. E principalmente era o que sabia as coisas. Desta vez amor não se uniu com amizade: o amor foi pra Dora, a amizade pra mim. Natural que o Ellis procedesse dessa forma, sendo um frouxo.

Batizado fatigante. Não paga a pena a gente imaginar que todos somos iguais, besteira! Mamãe, por causa da muita religião, imagina que somos. Inventou de convidar Ellis, mãe e tutti quanti pra comer um doce em nossa casa, vieram. Foi um ridículo oprimente pra nós os superiores, e deprimente pra eles os desinfelizes. Estavam esquerdos, cheios de mãos, não sabendo pegar na xicra. E eu então! Qualquer gesto que a gente faz, pegar no pão, na bolacha, pronto: já é diferente por classe da maneira, igualzinha muitas vezes, com que o pobre pega nessas coisas. Parece lição. A gente fica temendo rebaixar o outro e também já não sabe pegar na xicra mais. Custei pra inventar umas frases engraçadas, depois reparei que não tinham graça nenhuma por causa da Dora se dependurando nelas, não deixando a graça rir. De repente fui-me embora.

Não levou nem semana, o desgraçadinho pegou mirrando mais, mirrando e esticou. Número dois.

Ellis nem pôde tratar do enterro. Não é que estivesse penando muito, mas o caroço tinha dado de crescer no lado esquerdo agora. Na véspera tivera uma vertigem, ninguém sabe por que, junto do filho morrendo. Foi pra cama com febrão de quarenta-e-um no corpo tremido.

Era a tuberculose galopante que, sem nenhum respeito pelas regras da cidade, estava fazendo cento-e-vinte por hora na raia daquele peito apertado. Quando Ellis soube, virou meu filho duma vez. Mandava contar tudo pra mim. Mas não sei por que delicadeza sublime, por que invenção de amizade, descobriu que não me dou bem com a tísica. O certo é que nunca me mandou pedir pra ir vê-lo. Fui. Fui, também uma vez só, de passagem, falando que estava na hora de ir pro trabalho. Mas não deixei faltar nada pra ele. Nada do que eu podia dar, está claro, leite de vacas magras.

Durou três meses, nem isso, onze semanas em que me parece foi feliz. Sim, porque virara criança, e talvez pela primeira vez na vida, inventava essas pequenas faceirices com que a gente negaceia o amor daqueles por quem se sabe amado. Mantimento, remédios, roupa, tudo minha mãe é que providenciava pra ele, conforme desejo meu. Pois de supetão vinha um pedido engraçado, que Ellis queria comer sopa da minha casa, que si eu não podia mandar pra ele ũa meia igualzinha àquela que usara no batizado do desgraçadinho, com lista amarela, outra roxa até em cima... Uma feita mandou pedir de emprestado a almofada que eu tinha no meu estúdio e que, ele mandou dizer, até já estava bem velha. É lógico que almofada foi, porém dadinha duma vez.

Da minha parte era tudo agora gestos mecânicos de protetor, meu Deus! como a vida esperada se mecaniza... Não sei... Ellis creio que não, mas eu já fazia muito que estava acostumado a sentir Ellis morto. E aquela espera da morte já pra mim era bem ũa morte longa, um andar na gandaia dentro da morte, que não me dava mais que uma saudade cômoda do passado. Era amigo dele, juro, mas Ellis estava morto, e com a morte não se tem direito de contar na vida viva. Ele, isso eu soube depois, ele sim, estava vivendo essa morte já chegada, numa contemplação sublime do passado, única realidade pra ele. Dora tinha sido uma função. A vida prática não fora sinão comer, dormir, trabalhar. No que se agarraria aquele morto em férias? Em mim, é lógico. Isso eu sube depois... Levava o dia falando no amigo, pensando no amigo. E todas aquelas faceirices de pedidos e vontadinhas de criança, não passavam de jeitos de se recordar mais objetivamente de mim. De se aproximar de mim, que não ia vê-lo.

Cheguei em casa pra almoçar, a mãe do Ellis viera dizer que ele estava me chamando, não gostei nada. Si agora ele principiava pedindo mais isso, eu que tenho um bruto horror de tísica... Enfim mandei a criada lá, que depois do almoço ia.

Quando cheguei na porta, os uivos da mãe dele me deram a notícia inesperada. Sim, inesperada, porque já estava acostumada a ficar esperando e perdera a noção de que o esperado havia mesmo de vir. Entrei. Estavam uma italianona vermelha de tanto choro por tabela e dois tizius fumando.

– Morreu!

– Ahm, su Beladzarte, tanto que o povero está chamando o sinhore!

– Mas já morreu, é!

– Que esperandza! desde manhãzinha está cham...

– Onde ele está?

Um dos tizius.

– Está lá dentro, sim senhor.

Jogou o cigarro e foi mostrando caminho. Segui atrás. Pulei por cima dos uivos saindo duma furna que nunca viu dia, e lá numa sala mais larga, com entrada em arco sem porta dando pro quintal interior, num canto invisível, chorava uma vela, era ali. Ellis vasquejava com as borlas dos caroços dependurados pros lados, medonho de magro. Estava morrendo desde manhã, sempre chamando por mim.

– Mas por que não me avisaram!

Eram não sei quantas vezes que agarravam a vela nas mãos dele já em cruz, pra sempre fantasiadas de morte. De repente soluço parava. O moribundo engolia em seco e pegava me chamando outra vez. Afinal parara de chamar fazia mais de hora. Parece que a coisa estava chegando. Falei baixo, sem querer me acomodando com o silêncio da morte:

– Ellis... ôh Ellis!

Nada. Só o respiro serrando na madeira seca da garganta. Os outros me olhavam, esperando o bem que eu ia fazer pro coitado. Até parecia que o importante ali era eu. Insisti, lutando com a amizade da morte, mais uniforme que a minha. Com mentira e tudo, até me parece que eu insistia mais pra vencer a predominância da morte, e aqueles assistentes não me verem perder numa luta. Botei a mão na testa morna de Ellis, havia de me sentir.

– Ellis! sou eu, Ellis!... Sossegue que já cheguei, ouviu! Estou juntinho de você, ouviu!... Ellis!

O soluço parou.

– Pronto! Ansim que está fatchendo desde de manhán, ô povero!... Tira áa vela, Maria!

– Deixe a vela, ôh Ellis!

Ellis abriu as pálpebras, principiou abrindo, parecia que não parava mais de as abrir. Ficaram escancaradas, mas ólio de babosa não vê que escorrendo mais! pupilas fixas, retas, frechando o teto preto. Pus minha cara onde elas me focalizassem.

– Estou aqui, Ellis! Não tenha medo! você está me enxergando, hein!

– Está sim, seu Belazarte. Viu! desde manhã que está de olho fechado. Ele queria muito be... bem o senhor! também... também o senhor tem sido muito bom pro coitado... de meu filho, ai!... aaai! meu filho está morrendo, ahn! ahn! ahn!...

– Ellis! você está precisando de alguma coisa, hein! Eu faço!

A gelatina me recebia sem brilhar. As pálpebras foram cerrando um bocado. Instintivamente apressei a fala, pra que os olhos inda recebessem meu carinho:

– Eu faço tudo pra você! não quero que te falte nada, ouviu bem!

Os olhos se esconderam de todo com muita calma.

– Meu filho morreu! ai, ai!... Aaai!...

Tive um momento de desespero porque Ellis não dava sinal de me sentir. Insisti mais, ajoelhando junto da cama.

– Ora, o que é isso, Ellis!...

– ahan... só falava no senhor, ahn... ontem mesmo disse pra mim, ahan, que, ahn, milhorando cavava um poço... fundo, aáin... pra enterrar todos os mi... micróbios pra despois, pedir pra morar, ahn... no porão da casa do senhor... aai!

– Levem ela! não vale a pena ele estar escutando esse choro!

Transportaram os uivos. Estaria escutando ainda? Insisti numa esperança exacerbada pela anedota da negra, sem querer, perverso, voz pura, doce de carícia:

– Ellis! você não me responde mesmo!

Abriu um pouco os olhos outra vez. Me via!

... foi tão humilde que nem teve o egoísmo de sustentar contra mim a indiferença da morte. O olhar dele teve uma palpitação franca pra mim. Ellis me obedecia ainda com esse olhar. Fosse por amizade, fosse por servilismo, obedeceu. Isso me fez confundir extraordinariamente com os manejos da vida, a morte dele. Desapareceu mistério, fatalidade, tudo o que havia de grandioso nela. Foi ũa morte familiar. Foi ũa morte nossa, entre amigos, direitinho aquele dia em que resolvemos, meu aniversário passado, ele ir buscar o casamento e a choferagem de ganhar mais.

Cerrava os olhos calmo. Pesei a mão no corpo dele pra que me sentisse bem. Ao menos assim, Ellis ficava seguro de que tinha ao pé dele o amigo que sabia as coisas. Então não o deixaria sofrer. Porque sabia as coisas...

Número três.

VESTIDA DE PRETO

Tanto andam agora preocupados em definir o conto que não sei bem se o que vou contar é conto ou não, sei que é verdade. Minha impressão é que tenho amado sempre... Depois do amor grande por mim que me brotou aos três anos e durou até os cinco mais ou menos, logo o meu amor se dirigiu para uma espécie de prima longínqua que frequentava a nossa casa. Como se vê, jamais sofri do complexo de Édipo, graças a Deus. Toda a minha vida, mamãe e eu fomos muito bons amigos, sem nada de amores perigosos.

Maria foi o meu primeiro amor. Não havia nada entre nós, está claro, ela como eu nos seus cinco anos apenas, mas não sei que divina melancolia nos tomava, se acaso nos achávamos juntos e sozinhos. A voz baixava de tom, e principalmente as palavras é que se tornavam mais raras, muito simples. Uma ternura imensa, firme e reconhecida, não exigindo nenhum gesto. Aquilo aliás durava pouco, porque logo a criançada chegava. Mas tínhamos então uma raiva impensada dos manos e dos primos, sempre exteriorizada em palavras ou modos de irritação. Amor apenas sensível naquele instinto de estarmos sós.

E só bem mais tarde, já pelos nove ou dez anos, é que lhe dei nosso único beijo, foi maravilhoso. Se a criançada estava toda junta naquela casa sem jardim da Tia Velha, era fatal brincarmos de família, porque assim Tia Velha evitava correrias e estragos. Brinquedo aliás que nos interessava muito, apesar da idade já avançada para ele. Mas é que na casa de Tia Velha tinha muitos quartos, de forma que casávamos rápido, só de boca, sem nenhum daqueles cerimoniais de mentira que dantes nos interessavam tanto, e cada par fugia logo, indo viver no seu quarto. Os melhores interesses infantis do brinquedo, fazer comidinha, amamentar bonecas, pagar visita, isso nós deixávamos com generosidade apressada para os menores. Íamos para os nossos quartos e ficávamos vivendo lá. O que os outros faziam, não sei. Eu, isto é, eu com Maria, não fazíamos nada. Eu adorava principalmente era ficar assim sozinho com ela, sabendo várias safadezas já mas sem tentar nenhuma. Havia, não havia não, mas sempre como que havia um perigo iminente que ajuntava o seu crime à intimidade daquela solidão. Era suavíssimo e assustador.

Maria fez uns gestos, disse algumas palavras. Era o aniversário de alguém, não lembro mais, o quarto em que estávamos fora convertido em dispensa, cômodas e armários cheinhos de pratos de doces para o chá que vinha logo. Mas quem se lembrasse de tocar naqueles doces, no geral secos, fáceis de disfarçar qualquer roubo! estávamos longe disso. O que nos deliciava era mesmo a grave solidão.

Nisto os olhos de Maria caíram sobre o travesseiro sem fronha que estava sobre uma cesta de roupa suja a um canto. E a minha esposa teve uma invenção que eu também estava longe de não ter. Desde a entrada no quarto eu concentrara todos os meus instintos na existência daquele travesseiro, o travesseiro cresceu como um danado dentro de mim e virou crime. Crime não, "pecado" que é como se dizia naqueles tempos cristãos... E por causa disto eu conseguira não pensar até ali, no travesseiro.

– Já é tarde, vamos dormir. – Maria falou.

Fiquei estarrecido, olhando com uns fabulosos olhos de imploração para o travesseiro quentinho, mas quem disse travesseiro ter piedade de mim. Maria, essa estava simples demais pra me olhar e surpreender os efeitos do convite: olhou em torno e afinal, vasculhando na cesta de roupa suja, tirou de lá uma toalha de banho muito quentinha que estendeu sobre o assoalho. Pôs o travesseiro no lugar da cabeceira, cerrou as venezianas da janela sobre a tarde, e depois deitou, arranjando o vestido pra não amassar.

Mas eu é que nunca havia de pôr a cabeça naquele restico de travesseiro que ela deixou pra mim, me dando as costas. Restinho sim, apesar do travesseiro ser grande. Mas imaginem numa cabeleira explodindo, os famosos cabelos assustados de Maria, citação obrigatória e orgulho de família. Tia Velha, muito ciumenta por causa duma neta preferida que ela imaginava deusa, era a única a pôr defeito nos cabelos de Maria.

– Você não vem dormir também? – ela perguntou com fragor, interrompendo o meu silêncio trágico.

– Já vou, – que eu disse – estou conferindo a conta do armazém.

Fui me aproximando incomparavelmente sem vontade, sentei no chão tomando cuidado em sequer tocar no vestido, puxa! também o vestido dela estava completamente assustado, que dificuldade! Pus a cara no travesseiro sem a menor intenção de. Mas os cabelos de Maria, assim era pior, tocavam de leve no meu nariz, eu podia espirrar, marido não espirra. Senti, pressenti que espirrar seria muito ridículo, havia de ser um espirrão enorme, os outros escutavam lá da sala-de-visita longínqua, e daí é que o nosso segredo se desvendava todinho.

Fui afundando o rosto naquela cabeleira e veio a noite, senão os cabelos (mas juro que eram cabelos macios) me machucavam os olhos. Depois que não vi nada, ficou fácil continuar enterrando a cara, a cara toda, a alma, a vida, naqueles cabelos, que maravilha! até que o meu nariz tocou num pescocinho roliço. Então fui empurrando os meus lábios, tinha uns bonitos lábios grossos, nem eram lábios, era beiço, minha boca foi ficando encanudada até que encontrou o pescocinho roliço. Será que ela dorme de verdade?... Me ajeitei muito sem-cerimônia, mulherzinha! e então beijei. Quem falou que este mundo é ruim! só recordar... Beijei Maria, rapazes! eu nem sabia beijar, está claro, só beijava mamãe, boca fazendo bulha, contato sem nenhum valor sensual.

Maria, só um leve entregar-se, uma levíssima inclinação pra trás me fez sentir que Maria estava comigo em nosso amor. Nada mais houve. Não, nada mais houve. Durasse aquilo uma noite grande, nada mais haveria porque é engraçado como a perfeição fixa a gente. O beijo me deixara completamente puro, sem minhas curiosidades nem desejos de mais nada, adeus pecado e adeus escuridão! Se fizera em meu cérebro uma enorme luz branca, meu ombro bem que doía no chão, mas a luz era violentamente branca, proibindo pensar, imaginar, agir. Beijando.

Tia Velha, nunca eu gostei de Tia Velha, abriu a porta com um espantoso barulho. Percebi muito bem, pelos olhos dela, que o que estávamos fazendo era completamente feio.

– Levantem!... Vou contar pra sua mãe, Juca!

Mas eu, levantando com a lealdade mais cínica deste mundo:

– Tia Velha me dá um doce?

Tia Velha – eu sempre detestei Tia Velha, o tipo da bondade Berlitz, injusta, sem método – pois Tia Velha teve a malvadeza de escorrer por mim todo um olhar que só alguns anos mais tarde pude compreender inteiramente. Naquele instante, eu estava só pensando em disfarçar, fingindo uma inocência que poucos segundos antes era real.

– Vamos! saiam do quarto!

Fomos saindo muito mudos, numa bruta vergonha, acompanhados de Tia Velha e os pratos que ela viera buscar para a mesa de chá.

O estranhíssimo é que principiou nesse acordar à força provocado por Tia Velha, uma indiferença inexplicável de Maria por mim. Mais que indiferença, frieza viva, quase antipatia. Nesse mesmo chá inda achou jeito de me maltratar diante de todos, fiquei zonzo.

Dez, treze, quatorze anos... Quinze anos. Foi então o insulto que julguei definitivo. Eu estava fazendo um ginásio sem gosto, muito arrastado, cheio de revoltas íntimas, detestava estudar. Só no desenho e nas composições de português tirava as melhores notas. Vivia nisso: dez nestas matérias, um, zero em todas as outras. E todos os anos era aquela já esperada fatalidade: uma, duas bombas (principalmente em matemáticas) que eu tomava apenas o cuidado de apagar nos exames de segunda época.

Gostar, eu continuava gostando muito de Maria, cada vez mais, conscientemente agora. Mas tinha uma quase certeza que ela não podia gostar de mim, quem gostava de mim!... Minha mãe... Sim, mamãe gostava de mim, mas naquele tempo eu chegava a imaginar que era só por obrigação. Papai, esse foi sempre insuportável, incapaz duma carícia. Como incapaz de uma repreensão também. Nem mesmo comigo, a tara da família, ele jamais ralhou. Mas isto é caso pra outro dia. O certo é que, decidido em minha desesperada revolta contra o mundo que me rodeava, sentindo um orgulho de mim que jamais buscava esclarecer, tão absurdo o pressentia, o certo é que eu já principiava me aceitando por um caso perdido, que não adiantava melhorar.

Esse ano até fora uma bomba só. Eu entrava da aula do professor particular, quando enxerguei a saparia na varanda e Maria entre os demais. Passei bastante encabulado, todos em férias, e os livros que eu trazia na mão me denunciando, lembrando a bomba, me achincalhando em minha imperfeição de caso perdido. Esbocei um gesto falsamente alegre de bom-dia, e fui no escritório pegado, esconder os livros na escrivaninha de meu pai. Ia já voltar para o meio de todos, mas Matilde, a peste, a implicante, a deusa estúpida que Tia Velha perdia com suas preferências:

– Passou seu namorado, Maria.

– Não caso com bombeado. – ela respondeu imediato, numa voz tão feia, mas tão feia, que parei estarrecido. Era a decisão final, não tinha dúvida nenhuma. Maria não gostava mais de mim. Bobo do assim parado, sem fazer um gesto, mal podendo respirar.

Aliás um caso recente vinha se ajuntar ao insulto pra decidir de minha sorte. Nós seríamos até pobretões, comparando com a família de Maria, gente que até viajava na Europa. Pois pouco antes, os pais delas tinham feito um papel bem indecente, se opondo ao casamento duma filha com um rapaz diz-que pobre mas ótimo. Houvera rompimento de amizades, malestar na parentagem toda, o caso virara escândalo mastigado e remastigado nos comentários de hora de jantar. Tudo por causa do dinheiro.

Se eu insistisse em gostar de Maria, casar não casava mesmo, que a família dela não havia de me querer. Me passou pela cabeça comprar um bilhete de loteria. "Não caso com bombeado"... Fui abraçando os livros de mansinho, acariciei-os junto ao rosto, pousei a minha boca numa capa feia, suja de pó suado, retirei a boca sem desgosto. Naquele instante eu não sabia, hoje sei: era o segundo beijo que eu dava em Maria, último beijo, beijo de despedida, que o cheiro desagradável do papelão confirmou. Estava tudo acabado entre nós dois.

Não tive mais coragem pra voltar à varanda e conversar com... os outros. Estava com uma raiva desprezadora de todos, principalmente de Matilde. Não, me parecia que já não tinha raiva de ninguém, não valia a pena, nem de Matilde, o insulto partira dela, fora por causa dela, mas eu não tinha raiva dela não, só tristeza, só vazio, não sei... creio que uma vontade de ajoelhar. Ajoelhar sem mais nada, ajoelhar ali junto da escrivaninha e ficar assim, ajoelhar. Afinal das contas eu era um perdido mesmo, Maria tinha razão, tinha razão, tinha razão, oh que tristeza...

Foi o fim? Agora é que vem o mais esquisito de tudo, ajuntando anos pulados. Acho que até não consigo contar bem claro tudo o que sucedeu. Vamos por ordem: pus tal firmeza em não amar Maria mais, que nem meus pensamentos me traíram. De resto a mocidade raiava e eu tinha tudo a aprender. Foi espantoso o que se passou em mim. Sem abandonar meu jeito de "perdido", o cultivando mesmo, ginásio acabado, eu principiara gostando de estudar. Me batera, súbito, aquela vontade irritada de saber, me tornara estudiosíssimo. Era mesmo uma impaciência raivosa, que me fazia devorar bibliotecas, sem nenhuma orientação. Mas brilhava, fazia conferências empoladas em sociedadinhas de rapazes, tinha ideias que assustavam todo o mundo. E todos principiavam maldando que eu era muito inteligente mas perigoso.

Maria, por seu lado, parecia uma doida. Namorava com Deus e todo o mundo, aos vinte anos fica noiva de um rapaz bastante rico, noivado que durou três meses e se desfez de repente, pra dias depois ela ficar noiva de outro, um diplomata riquíssimo, casar em duas semanas com alegria desmedida, rindo muito no altar e partir em busca duma embaixada europeia, com o secretário chique, seu marido.

Às vezes meio tonto com estes acontecimentos fortes, acompanhados meio de longe, eu me recordava do passado, mas era só pra sorrir da nossa infantilidade e devorar numa tarde mais um livro incompreensível de filosofia. De mais a mais, havia a Rose pra de noite, e uma linda namoradinha oficial, a Violeta. Meus amigos me chamavam de "jardineiro", e eu punha na coincidência daquelas duas flores uma força de destinação fatalizada. Tamanha mesmo que topando numa livraria com *The Gardener* de Tagore, comprei o livro e comecei estudando o inglês com loucura. Mário de Andrade conta num dos seus livros que estudou o alemão por causa duma emboaba tordilha... eu também: meu inglês nasceu duma Violeta e duma Rose.

Não, nasceu de Maria. Foi quando uns cinco anos depois, Maria estava pra voltar pela primeira vez ao Brasil, a mãe dela, queixosa de tamanha ausência, conversando com mamãe na minha frente, arrancou naquele seu jeito de gorda desabrida:

– Pois é! Maria gostou tanto de você, você não quis!... e agora ela vive longe de nós.

Pela terceira vez fiquei estarrecido neste conto. Percebi tudo num tiro de canhão. Percebi ela doidejando, noivando com um, casando com outro, se atordoando com dinheiro e brilho. Percebi que eu fora uma besta, sim, agora que principiava sendo alguém, estudando por mim fora dos ginásios, vibrando em versos que muita gente já considerava. E percebi horrorizado, que Rose! nem Violeta, nem nada! era Maria que eu amava como louco! Maria é que eu amara sempre, como louco: oh como eu vinha sofrendo a vida inteira, desgraçadíssimo, aprendendo a vencer só de raiva, me impondo ao mundo por despique, me superiorizando em mim só por vingança de desesperado. Como é que eu pudera me imaginar feliz, pior: ser feliz, sofrendo daquele jeito! Eu? eu não! era Maria, era exclusivamente Maria toda aquela superioridade que estava aparecendo em mim... E tudo aquilo era uma desgraça muito cachorra mesmo. Pois não andavam falando muito de Maria? Contavam que pintava o sete, ficara célebre com as extravagâncias e aventuras. Estivera pouco antes às portas do divórcio, com um caso escandaloso por demais, com um pintor de nomeada que só pintava efeitos de luz. Maria falada, Maria bêbada, Maria passando de mão em mão, Maria pintada nua...

Se dera como que uma transposição de destinos... E tive um pensamento que ao menos me salvou no instante: se o que tinha de útil agora em mim era Maria, se ela estava se transformando no Juca imperfeitíssimo que eu fora, se eu era apenas uma projeção dela, como ela agora apenas uma projeção de mim, se nos trocáramos por um estúpido engano de amor: mas ao menos que eu ficasse bem ruim, mas bem ruim mesmo outra vez, pra me igualar a ela de novo. Foi a razão da briga com Violeta, impiedosa, e a farra dessa noite – bebedeira tamanha que acabei ficando desacordado, numa série de vertigens, com médico, escândalo, e choro largo de mamãe com minha irmã.

Bom, tinha que visitar Maria, está claro, éramos "gente grande" agora. Quando soube que ela devia ir a um banquete, pensei comigo: "ótimo, vou hoje logo depois de jantar, não encontro ela e deixo o cartão". Mas fui cedo demais. Cheguei na casa dos pais dela, seriam nove horas, todos aqueles requififes de gente ricaça, criado que leva cartão numa salva de prata etc. Os da casa estavam ainda jantando. Me introduziram na saletinha da esquerda, uma espécie de luís-quinze muito sem-vergonha, dourado por inteiro, dando pro hol central. Que fizesse o favor de esperar, já vinham.

Contemplando a gravura cor-de-rosa, senti de supetão que tinha mais alguém na saleta, virei. Maria estava na porta, olhando pra mim, se rindo, toda vestida de preto. Olhem: eu sei que a gente exagera em amor, não insisto. Mas se eu já tive a sensação da vontade de Deus, foi ver Maria assim, toda de preto vestida, fantasticamente mulher. Meu corpo soluçou todinho e tornei a ficar estarrecido.

– Ao menos diga boa-noite, Juca...

"Boa-noite, Maria, eu vou-me embora..." meu desejo era fugir, era ficar e ela ficar mas, sim, sem que nos tocássemos sequer. Eu sei, eu juro que sei que ela estava se entregando a mim, me prometendo tudo, me cedendo tudo quanto eu queria, naquele se deixar olhar, sorrindo leve, mãos unidas caindo na frente do corpo, toda vestida de preto. Um segundo, me passou na visão devorá-la numa hora estilhaçada de quarto de hotel, foi horrível. Porém, não havia dúvida: Maria despertava em mim os instintos da perfeição. Balbuciei afinal um boa-noite muito indiferente, e as vozes amontoadas vinham do hol, dos outros que chegavam.

Foi este o primeiro dos quatro amores eternos que fazem de minha vida uma grave condensação interior. Sou falsamente um solitário. Quatro amores me acompanham, cuidam de mim, vêm conversar comigo. Nunca mais vi Maria, que ficou pelas Europas, divorciada afinal, hoje dizem que vivendo com um austríaco interessado em feiras internacionais. Um aventureiro qualquer. Mas dentro de mim, Maria... bom: acho que vou falar banalidade.

O PERU DE NATAL

O nosso primeiro Natal de família, depois da morte de meu pai acontecida cinco meses antes, foi de consequências decisivas para a felicidade familiar. Nós sempre fôramos familiarmente felizes, nesse sentido muito abstrato da felicidade: gente honesta, sem crimes, lar sem brigas internas nem graves dificuldades econômicas. Mas, devido principalmente à natureza cinzenta de meu pai, ser desprovido de qualquer lirismo, duma exemplaridade incapaz, acolchoado no medíocre, sempre nos faltara aquele aproveitamento da vida, aquele gosto pelas felicidades materiais, um vinho bom, uma estação de águas, aquisição de geladeira, coisas assim. Meu pai fora de um bom errado, quase dramático, o puro-sangue dos desmancha-prazeres.

Morreu meu pai, sentimos muito, etc. Quando chegamos nas proximidades do Natal, eu já estava que não podia mais pra afastar aquela memória obstruente do morto, que parecia ter sistematizado pra sempre a obrigação de uma lembrança dolorosa em cada almoço, em cada gesto mínimo da família.

Uma vez que eu sugerira a mamãe a ideia dela ir ver uma fita no cinema, o que resultou foram lágrimas. Onde se viu ir ao cinema, de luto pesado! A dor já estava sendo cultivada pelas aparências, e eu, que sempre gostara apenas regularmente de meu pai, mais por instinto de filho que por espontaneidade de amor, me via a ponto de aborrecer o bom do morto.

Foi decerto por isto que me nasceu, esta sim, espontaneamente, a ideia de fazer uma das minhas chamadas "loucuras". Essa fora aliás, e desde muito cedo, a minha esplêndida conquista contra o ambiente familiar. Desde cedinho, desde os tempos de ginásio, em que arranjava regularmente uma reprovação todos os anos; desde o beijo às escondidas, numa prima, aos dez anos, descoberto por tia Velha, uma detestável de tia; e principalmente desde as lições que dei ou recebi, não sei, duma criada de parentes: eu consegui no reformatório do lar e na vasta parentagem, a fama conciliatória de "louco". "É doido, coitado!" falavam. Meus pais falavam com certa tristeza condescendente, o resto da parentagem buscando exemplo para os filhos e provavelmente com aquele prazer dos que se convencem de alguma superioridade. Não tinham doidos entre os filhos. Pois foi o que me salvou, essa fama. Fiz tudo o que a vida me apresentou e o meu ser exigia para se realizar com integridade. E me deixaram fazer tudo, porque eu era doido, coitado. Resultou disso uma existência sem complexos, de que não posso me queixar um nada.

Era costume sempre, na família, a ceia de Natal. Ceia reles, já se imagina: ceia tipo meu pai, castanhas, figos, passas, depois da Missa do Galo. Empanturrados de amêndoas e nozes (quanto discutimos os três manos por causa do quebra-nozes...) empanturrados de castanhas e monotonias, a gente se abraçava e ia pra cama. Foi lembrando isso que arrebentei com uma das minhas "loucuras":

– Bom, no Natal, quero comer peru.

Houve um desses espantos que ninguém não imagina. Logo minha tia solteirona e santa, que morava conosco, advertiu que não podíamos convidar ninguém por causa do luto.

– Mas quem falou de convidar ninguém! essa mania... Quando é que a gente já comeu peru em nossa vida! Peru aqui em casa é prato de festa, vem toda essa parentada do diabo...

– Meu filho, não fale assim...

– Pois falo, pronto!

E descarreguei minha gelada indiferença pela nossa parentagem infinita, diz-que vinda de bandeirante, que bem me importa! Era mesmo o momento pra desenvolver minhas teorias de doido, coitado, não perdi a ocasião. Me deu de supetão uma ternura imensa por mamãe e titia, minhas duas mães, três com minha irmã, as três mães que sempre me divinizaram a vida. Era sempre aquilo: vinha aniversário de alguém e só então faziam peru naquela casa. Peru era prato de festa: uma imundície de parentes já preparados pela tradição, invadiam a casa por causa do peru, das empadinhas e dos doces. Minhas três mães, três dias antes já não sabiam da vida senão trabalhar, trabalhar no preparo de doces e frios finíssimos de bem-feitos, a parentagem devorava tudo e inda levava embrulhinhos pros que não tinham podido vir. As minhas três mães mal podiam de exaustas. Do peru, só no enterro dos ossos, no dia seguinte, é que mamãe com titia inda provavam num naco de perna, vago, escuro, perdido no arroz alvo. E isso mesmo era mamãe quem servia, catava tudo pro velho e pros filhos. Na verdade ninguém sabia de fato o que era peru em nossa casa, peru resto de festa.

Não, não se convidava ninguém, era um peru pra nós, cinco pessoas. E havia de ser com duas farofas, a gorda com os miúdos, e a seca, douradinha, com bastante manteiga. Queria o papo recheado só com a farofa gorda, em que havíamos de ajuntar ameixa-preta, nozes e um cálice de xerez, como aprendera na casa da Rose, muito minha companheira. Está claro que omiti onde aprendera a receita, mas todos desconfiaram. E ficaram logo naquele ar de incenso assoprado, se não seria tentação do Dianho aproveitar receita tão gostosa. E cerveja bem gelada, eu garantia quase gritando. É certo que com meus gostos, já bastante afinados fora do lar, pensei primeiro num vinho bom, completamente francês. Mas a ternura por mamãe venceu o doido, mamãe adorava cerveja.

Quando acabei meus projetos, notei bem, todos estavam felicíssimos, num desejo danado de fazer aquela loucura em que eu estourara. Bem que sabiam, era loucura sim, mas todos se faziam imaginar que eu sozinho é que estava desejando muito aquilo e havia jeito fácil de empurrarem pra cima de mim a... culpa de seus desejos enormes. Sorriam se entreolhando, tímidos como pombas desgarradas, até que minha irmã resolveu o consentimento geral:

– É louco mesmo!...

Comprou-se o peru, fez-se o peru, etc. E depois de uma Missa do Galo bem mal rezada, se deu o nosso mais maravilhoso Natal. Fora engraçado: assim que me lembrara de que finalmente ia fazer mamãe comer peru, não fizera outra coisa aqueles dias que pensar nela, sentir ternura por ela, amar minha velhinha adorada. E meus manos também, estavam no mesmo ritmo violento de amor, todos dominados pela felicidade nova que o peru vinha imprimindo na família. De modos que, ainda disfarçando as coisas, deixei muito sossegado que mamãe cortasse todo o peito do peru. Um momento aliás, ela parou, feito fatias um dos lados do peito da ave, não resistindo àquelas leis de economia que sempre a tinham entorpecido numa quase pobreza sem razão.

– Não senhora, corte inteiro! só eu como tudo isso!

Era mentira. O amor familiar estava por tal forma incandescente em mim, que até era capaz de comer pouco, só pra que os outros quatro comessem demais. E o diapasão dos outros era o mesmo. Aquele peru comido a sós redescobrira em cada um o que a cotidianidade abafara por completo, amor, paixão de mãe, paixão de filhos. Deus me perdoe mas estou pensando em Jesus... Naquela casa de burgueses bem modestos, estava se realizando um milagre de amor digno do Natal de um Deus. O peito do peru ficou inteiramente reduzido a fatias amplas.

– Eu que sirvo!

"É louco, mesmo!" pois porque havia de servir, se sempre mamãe servira naquela casa! Entre risos, os grandes pratos cheios foram passados pra mim e principiei uma distribuição heroica, enquanto mandava meu mano servir a cerveja. Tomei conta logo dum pedaço admirável da "casca", cheio de gordura e pus no prato. E depois vastas fatias brancas. A voz severizada de mamãe cortou o espaço angustiado com que todos aspiravam pela sua parte no peru:

– Se lembre de seus manos, Juca!

Quando que ela havia de imaginar, a pobre! que aquele era o prato dela, da Mãe, da minha amiga maltratada, que sabia da Rose, que sabia meus crimes, a que eu só lembrava de comunicar o que fazia sofrer! O prato ficou sublime.

– Mamãe, este é o da senhora! Não! não passe não!

Foi quando ela não pôde mais com tanta comoção e principiou chorando. Minha tia também, logo percebendo que o novo prato sublime seria o dela, entrou no refrão das lágrimas. E minha irmã, que jamais viu lágrima sem abrir a torneirinha também, se esparramou no choro. Então principiei dizendo muitos desaforos para não chorar também, tinha dezenove anos... Diabo de família besta que via peru e chorava! coisas assim. Todos se esforçavam por sorrir, mas agora é que a alegria se tornara impossível. É que o pranto evocara por associação a imagem indesejável de meu pai morto. Meu pai, com sua figura cinzenta, vinha pra sempre estragar nosso Natal, fiquei danado.

Bom, principiou-se a comer em silêncio, lutuosos, e o peru estava perfeito. A carne mansa, de um tecido muito tênue, boiava fagueira entre os sabores das farofas e do presunto, de vez em quando ferida, inquietada e redesejada, pela intervenção mais violenta da ameixa-preta e o estorvo petulante dos pedacinhos de noz. Mas papai sentado ali, gigantesco, incompleto, uma censura, uma chaga, uma incapacidade. E o peru, estava tão gostoso, mamãe por fim sabendo que peru era manjar mesmo digno do Jesusinho nascido.

Principiou uma luta baixa entre o peru e o vulto de papai. Imaginei que gabar o peru era fortalecê-lo na luta, e, está claro, eu tomara decididamente o partido do peru. Mas os defuntos têm meios visguentos, muito hipócritas de vencer: nem bem gabei o peru que a imagem de papai cresceu vitoriosa, insuportavelmente obstruidora.

– Só falta seu pai...

Eu nem comia, nem podia mais gostar daquele peru perfeito, tanto que me interessava aquela luta entre os dois mortos. Cheguei a odiar papai. E nem sei que inspiração genial de repente me tornou hipócrita e político. Naquele instante que hoje me parece decisivo da nossa família, tomei aparentemente o partido de meu pai. Fingi, triste:

– É mesmo... Mas papai, que queria tanto bem a gente, que morreu de tanto trabalhar pra nós, papai lá no céu há-de estar conten... (hesitei, mas resolvi não mencionar mais o peru) contente de ver nós todos reunidos em família.

E todos principiaram muito calmos, falando de papai. A imagem dele foi diminuindo, diminuindo e virou uma estrelinha brilhante do céu. Agora todos comiam o peru com sensualidade, porque papai fora muito bom, sempre se sacrificara tanto por nós, fora um santo que "vocês, meus filhos, nunca poderão pagar o que devem a seu pai", um santo. Papai virara santo, uma contemplação agradável, uma inestorvável estrelinha do céu. Não prejudicava mais ninguém, puro objeto de contemplação suave. O único morto ali era o peru, dominador, completamente vitorioso.

Minha mãe, minha tia, nós, todos alagados de felicidade. Ia escrever "felicidade gustativa", mas não era só isso não. Era uma felicidade maiúscula, um amor de todos, um esquecimento de outros parentescos distraidores do grande amor familial. E foi, sei que foi aquele primeiro peru comido no recesso da família, o início de um amor novo, reacomodado, mais completo, mais rico e inventivo, mais complacente e cuidadoso de si. Nasceu de então uma felicidade familiar pra nós que, não sou exclusivista, alguns a terão assim grande, porém mais intensa que a nossa me é impossível conceber.

Mamãe comeu tanto peru que um momento imaginei, aquilo podia lhe fazer mal. Mas logo pensei: ah, que faça! mesmo que ela morra, mas pelo menos que uma vez na vida coma peru de verdade!

A tamanha falta de egoísmo me transportara o nosso infinito amor... Depois vieram umas uvas leves e uns doces, que lá na minha terra levam o nome de "bem-casados". Mas nem mesmo este nome perigoso se associou à lembrança de meu pai, que o peru já convertera em dignidade, em coisa certa, em culto puro de contemplação.

Levantamos. Eram quase duas horas, todos alegres, bambeados por duas garrafas de cerveja. Todos iam deitar, dormir ou mexer na cama, pouco importa, porque é bom uma insônia feliz. O diabo é que a Rose, católica antes de ser Rose, prometera me esperar com uma champanha. Pra poder sair, menti, falei que ia a uma festa de amigo, beijei mamãe e pisquei pra ela, modo de contar onde que ia e fazê-la sofrer seu bocado. As outras duas mulheres beijei sem piscar. E agora, Rose!...

FREDERICO PACIÊNCIA

Frederico Paciência... Foi no ginásio... Éramos de idade parecida, ele pouco mais velho que eu, quatorze anos.

Frederico Paciência era aquela solaridade escandalosa. Trazia nos olhos grandes bem pretos, na boca larga, na musculatura quadrada da peitaria, em principal nas mãos enormes, uma franqueza, uma saúde, uma ausência rija de segundas intenções. E aquela cabelaça pesada, quase azul, numa desordem crespa. Filho de português e de carioca. Não era beleza, era vitória. Ficava impossível a gente não querer bem ele, não concordar com o que ele falava.

Senti logo uma simpatia deslumbrada por Frederico Paciência, me aproximei franco dele, imaginando que era apenas por simpatia. Mas se ligo a insistência com que ficava junto dele a outros atos espontâneos que sempre tive até chegar na força do homem, acho que se tratava dessa espécie de saudade do bem, de aspiração ao nobre, ao correto, que sempre fez com que eu me adornasse de bom pelas pessoas com quem vivo. Admirava lealmente a perfeição moral e física de Frederico Paciência e com muita sinceridade o invejei. Ora em mim sucede que a inveja não consegue nunca se resolver em ódio, nem mesmo em animosidade: produz mas uma competência divertida, esportiva, que me leva à imitação. Tive ânsias de imitar Frederico Paciência. Quis ser ele, ser dele, me confundir naquele esplendor, e ficamos amigos.

Eu era o tipo do fraco. Feio, minha coragem não tinha a menor espontaneidade, tendência altiva para os vícios, preguiça. Inteligência incessante mas principalmente difícil. Além do mais, naquele tempo eu não tinha nenhum êxito pra estímulo. Em família era silenciosamente considerado um caso perdido, só porque meus manos eram muito bonzinhos e eu estourado, e enquanto eles tiravam distinções no colégio, eu tomava bombas.

Uma ficou famosa, porque eu protestei gritado em casa, e meu Pai resolveu tirar a coisa a limpo, me levando com ele ao colégio. Chamado pelo diretor, lá veio o marista, irmão Bicudo o chamávamos, trazendo na mão um burro de Virgílio em francês, igualzinho ao que me servira na cola. Meio que turtuviei mas foi um nada. Disse arrogante:

– Como que o sr. prova que eu colei!

Irmão Bicudo nem me olhou. Abriu o burro quase na cara de Papai, tremia de raiva:

– Seu menino traduz latim muito bem!... mas não sabe traduzir francês!

Papai ficou pálido, coitado. Arrancou:

– Seu padre me desculpe.

Não falou mais nada. Durante a volta era aquele mutismo, não trocou sequer um olhar comigo. Foi esplêndido mas quando o condutor veio cobrar as passagens no bonde, meu Pai tirou com toda a naturalidade os níqueis do bolsinho mas de repente ficou olhando muito o dinheiro, parado, olhando os níqueis, perdido em reflexões inescrutáveis. Parecia decidir da minha vida, ouvi, cheguei a ouvir ele dizendo "Não pago a passagem desse menino". Mas afinal pagou.

Frederico Paciência foi minha salvação. A sua amizade era se entregar, amizade era pra tudo. Não conhecia reservas nem ressalvas, não sabia se acomodar humanamente com os conceitos. Talvez por isto mesmo, num como que instinto de conservação, era camarada de toda a gente, mas não tinha grupos preferidos nem muito menos amigos. Não há dúvida que se agradava de mim, inalteravelmente feliz de me ver e conversar comigo. Apenas eu percebia, irritado, que era a mesma coisa com todos. Não consegui ser discreto.

Depois da aula, naquela pequena parte do caminho que fazíamos juntos até o largo da Sé, puxando o assunto para os colegas, afinal acabei, bastante atrapalhado, lhe confessando que ele era o meu "único" amigo. Frederico Paciência entreparou num espanto mudo, me olhando muito. Apressou o passo pra pegar a minha dianteira pequena, eu numa comoção envergonhada, já nem sabendo de mim, aliviado em minha sinceridade. Chegara a esquina em que nos separávamos, paramos. Frederico Paciência estava maravilhoso, sujo do futebol, suado, corado, derramando vida. Me olhou com uma ternura sorridente. Talvez houvesse, havia um pouco de piedade. Me estendeu a mão a que mal pude corresponder, e aquela despedida de costume, sem palavra, me derrotou por completo. Eu estava envergonhadíssimo, me afastei logo, humilhado, andando rápido pra casa, me esconder. Porém Frederico Paciência estava me acompanhando!

– Você não vai pra casa já!

– Ara... estou com vontade de ir com você...

Foram quinze minutos dos mais sublimes de minha vida. Talvez que pra ele também. Na rua violentamente cheia de gente e de pressa, só vendo os movimentos estratégicos que fazíamos, ambos só olhos, calculando o andar deste transeunte com a soma daqueles dois mais vagarentos, para ficarmos sempre lado a lado. Mas em minha cabeça que fantasmagorias divinas, devotamentos, heroísmos, ficar bom, projetos de estudar. Só na porta de casa nos separamos, de novo esquerdos, na primeira palavra que trocávamos amigos, aquele "até-logo" torto.

E a vida de Frederico Paciência se mudou para dentro da minha. Me contou tudo o que ele era, a mim que não sabia fazer o mesmo. Meio que me rebaixava meu Pai ter sido operário em mocinho. Mas quando o meu amigo me confessou que os pais dele fazia só dois anos que tinham casado, até achei lindo. Pra que casar! é isso mesmo! O pior é que Frederico Paciência depusera tal confiança em mim, me fazia tais confissões sobre instintos nascentes que me obrigava a uma elevação constante de pensamento. Uns dias quase o odiei. Me bateu clara a intenção de acabar com aquela "infância". Mas tudo estava tão bom.

Os domingos dele me pertenceram. Depois da missa fazíamos caminhadas enormes. Um feriado chegamos a ir até a Cantareira a-pé. Continuou vindo comigo até a porta de casa. Uma vez entrou. Mas eu não gostava de ver ele na minha família, detestei até Mamãe junto dele, ficavam todos muito baços. Mas me tornei familiar na casa dele, eram só os pais, gente vazia, enriquecida à pressa, dando liberdade excessiva ao filho, espalhafatosamente envaidecida daquela amizade com o colega de "família boa".

Me lembro muito bem que pouco depois, uns cinco dias, da minha declaração de amizade, Frederico Paciência foi me buscar depois da janta. Saímos. Principiava o costume daqueles passeios longos no silêncio arborizado dos bairros. Frederico Paciência falava nos seus ideais, queria ser médico. Adverti que teria que fazer os estudos no Rio e nos separaríamos. Em mim, fiz mas foi calcular depressa quantos anos faltavam para me livrar do meu amigo. Mas a ideia da separação o preocupou demais. Vinha com propostas, ir com ele, estudar medicina, ou ser pintor pois que eu já vivia desenhando a caricatura dos padres.

Fiquei de pensar e, dialogando com as aspirações dele, pra não ficar atrás, meio que menti. Acabei mentindo duma vez. Veio aquele prazer de me transportar pra dentro do romance, e tudo foi se realizando num romance de bom-senso discreto, pra que a mentira não transparecesse, e onde a coisa mais bonita era minha alma. Frederico Paciência então me olhava com os olhos quase úmidos, alargados, de êxtase generoso. Acreditava. Acreditou tudo. De resto, não acreditar seria inferioridade. E foi esse o maior bem que guardo de Frederico Paciência, porque uma parte enorme do que de bom e de útil tenho sido vem daquela alma que precisei me dar, pra que pudéssemos nos amar com franqueza.

No ginásio a nossa vida era uma só. Frederico Paciência me ensinava, me assoprava respostas nos momentos de aperto, jurando depois com riso que era pela última vez. A permanência dele em mim implicava aliás um tal ou qual esforço da minha parte pra estudar, naquele regime de estudo abortivo que, sem eu ainda atinar que era errado, me revoltava. Um dia ele me surpreendeu lendo um livro. Fiquei horrorizado mas imediatamente uma espécie de curiosidade perversa, que eu disfarçava com aquela intenção falsa e jamais posta em prática de acabar com "aquela amizade besta", me fez não negar o que lia. Era uma *História da prostituição na Antiguidade*, dessas edições clandestinas portuguesas que havia muito naquela época. E heroico, embora sempre horrorizado, passei o livro a ele. Folheou, examinou os títulos do índice, ficou olhando muito o desenho da capa. Depois me deu o livro.

– Tome cuidado com os padres.

– Ah... está dentro da pasta, eles não veem.

– E se examinarem as pastas...

– Pois se examinarem acham!

Passamos o tempo das aulas disfarçando bem. Mas no largo da Sé, Frederico Paciência falou que hoje carecia ir já pra casa, ficando logo engasgadíssimo na mentira. Mas como eu o olhasse muito, um pouco distraído em observar como é que se mentia sem ter jeito, ele inda achou força pra esclarecer que precisava sair com a Mãe. E, já despedidos um do outro, meio rindo de lado, ele me pediu o livro pra ler. Tive um desejo horrível de lhe pedir que não pedisse o livro, que não lesse aquilo, de jurar que era infame. Mas estava por dentro que era um caos. Me atravessava o convulsionamento interior a ideia cínica de que durante todo o dia pressentira o pedido e tomara cuidado em não me prevenir contra ele. E dizer agora tudo o que estava querendo dizer e não podia, era capaz de me diminuir. E afinal o que o livro contava era verdade... Se recusasse, Frederico Paciência ia imaginar coisas piores. Na aparência, fui tirando o livro da mala com a maior naturalidade, gritando por dentro que ainda era tempo, bastava falar que ainda não acabara de ler, quando acabasse... Depois dizia que o livro não prestava, era imoral, o rasgara. Isso até me engrandeceria... Mas estava um caos. E até que ponto a esperança de Frederico Paciência ter certas revelações... E o livro foi entregue com a maior naturalidade, sem nenhuma hesitação no gesto. Frederico Paciência ainda riu pra mim, não pude rir. Sentia um cansaço. E puro. E impuro.

Passei noite de beira-rio. Nessa noite é que todas essas ideias da exceção, instintos espaventados, desejos curiosos, perigos desumanos me picavam com uma clareza tão dura que varriam qualquer gosto. Então eu quis morrer. Se Frederico Paciência largasse de mim... Se se aproximasse mais... Eu quis morrer. Foi bom entregar o livro, fui sincero, pelo menos assim ele fica me conhecendo mais. Fiz mal, posso fazer mal a ele. Ah, que faça! ele não pode continuar aquela "infância". Queria dormir, me debatia. Quis morrer.

No dia seguinte Frederico Paciência chegou tarde, já principiadas as aulas. Sentou como de costume junto de mim. Me falou um bom-dia simples mas que imaginei tristonho, preocupado. Mal respondi, com uma vontade assustada de chorar. Como que havia entre nós dois um sol que não permitia mais nos vermos mutuamente. Eu, quando queria segredar alguma coisa, era com os outros colegas mais próximos. Ele fazia o mesmo, do lado dele. Mas ainda foi ele quem venceu o sol.

No recreio, de repente, eu bem que só tinha olhos pra ele, largou o grupo em que conversava, se dirigiu reto pra mim. Pra ninguém desconfiar, também me apartei do meu grupo e fui, como que por acaso, me encontrar com ele. Paramos frente a frente. Ele abaixou os olhos, mas logo os ergue com esforço. Meu Deus! por que não fala! O olho, o procuro nos olhos, lhe devorando os olhos internados, mas o olho com tal ansiedade, com toda a perfeição do ser, implorando me tornar sincero, verdadeiro, digníssimo, que Frederico Paciência é que pecou. Baixou os olhos outra vez, tirando de nós dois qualquer exatidão. Murmurou outra coisa:

– Pus o livro na sua mala, Juca. Acho bom não ler mais essas coisas.

Percebi que eu não perdera nada, fiquei numa alegria doida. Ele agora estava me olhando na cara outra vez, sereno, generoso, e menti. Fui de uma sem-vergonhice grandiosa, menti apressadamente, com um tal calor de sinceridade que eu mesmo não chegava bem a perceber que era tudo mentira. Mas falei comprido e num momento percebi que Frederico Paciência não estava acreditando mais em mim, me calei. Fomos nos ajuntar aos colegas. Era tristeza, era tristeza sim o que eu sentia, mas com um pouco também de alegria de ver o meu amigo espezinhado, escondendo que não me acreditava, sem coragem pra me censurar, humilhado na insinceridade. Eu me sentia superior!

Mas essa tarde, quando saímos juntos no passeio, numa audácia firme de gozar Frederico Paciência não dizendo o que sentia, eu levava um embrulho bem-feitinho comigo. Quando Frederico Paciência perguntou o que era, ri só de lábios feito uma caçoada amiga, o olhando de lado, sem dizer nada. Fui desfazendo bem saboreado o embrulho, era o livro. Andava, olhava sempre o meu amigo, riso no beiço, brincador, conciliador, absolvido. E de repente, num gesto brusco, arrebentei o volume em dois. Dei metade ao meu amigo e principiei rasgando miudinho, folha por folha, a minha parte. Aí Frederico Paciência caiu inteiramente na armadilha. O rosto dele brilhou numa felicidade irritada por dois dias de trégua, e desatamos a rir. E as ruas foram sujadas pelos destroços irreconstituíveis da *História da prostituição na Antiguidade*. Eu sabia que ficava um veneno em Frederico Paciência, mas isso agora não me inquietava mais. Ele, inteiramente entregue, confessava, agora que estava liberto do livro, que ler certas coisas, apesar de horríveis, "dava uma sensação esquisita, Juca, a gente não pode largar".

Diante de uma amizade assim tão agressiva, não faltaram bocas de serpentes. Frederico Paciência, quando a indireta do gracejo foi tão clara que era impossível não perceber o que pensavam de nós, abriu os maiores olhos que lhe vi. Veio uma palidez de crime e ele cegou. Agarrou o ofensor pelo gasnete e o dobrou nas mãos inflexíveis. Eu impassível, assuntando. Foi um custo livrar o canalha. Forcejavam pra soltar o rapaz daquelas mãos endurecidas numa fatalidade estertorante. Eu estava com medo, de assombro. Falavam com Frederico Paciência, o sacudiam, davam nele, mas ele quem disse acordar! Só os padres que acorreram com o alarido e um bedel atleta conseguiram apartar os dois. O canalha caiu desacordado no chão. Frederico Paciência só grunhia "Ele me ofendeu", "Ele me ofendeu". Afinal – todos já tinham tomado o nosso partido, está claro, com dó de Frederico Paciência, convencidos da nossa pureza – afinal uma frase de colega esclareceu os padres. O castigo foi grande mas não se falou de expulsão.

Eu não. Não falei nada, não fiz nada, fiquei firme. No outro dia o rapaz não apareceu no colégio e os colegas inventaram boatos medonhos, estava gravíssimo, estava morto, iam prender Frederico Paciência. Este, soturno. Parecia nem ter coragem pra me olhar, só me falava o indispensável, e imediato afinei com ele, soturnizado também. Felizmente não nos veríamos à saída, ele detido pra escrever quinhentas linhas por dia durante uma semana – castigo habitual dos padres. Mas no segundo dia o canalha apareceu. Meio ressabiado, é certo, mas completamente recomposto. Tinha chegado a minha vez.

Calculadamente avisei uns dois colegas que agora era comigo que ele tinha que se haver. Foram logo contar, e embora da mesma força que eu, era visível que ele ficou muito inquieto. Inventei uma dor-de-cabeça pra sair mais cedo, mas os olhos de todos me seguindo, proclamavam o grande espetáculo próximo. Na saída, acompanhado de vários curiosos, ele vinha muito pálido, falando com exagero que se eu me metesse com ele usava o canivete. Saí da minha esquina, também já alcançado por muitos, e convidei o outro pra descermos na várzea perto. Eu devia estar pálido também, sentia, mas nada covarde. Pelo contrário: numa lucidez gélida, imaginando jeito certo de mais bater que apanhar. Mas o rapaz fraquejou, precipitando as coisas, que não! que aquilo fora uma brincadeira besta dele, aí um soco nas fuças o interrompeu. O sangue saltou com fúria, o rapaz avançou pra cima de mim, mas vinha como sem vontade, descontrolado, eu gélido. Outro soco lhe atingiu de novo o nariz. Ele num desespero me agarrou pelo meio do corpo, foi me dobrando, mas com os braços livres, eu malhava a cara dele, gostando do sangue me manchando as mãos. Ele gemeu um "ai" flébil, quis chorar num bufido infantil de dor pavorosa. Não sei, me deu uma repugnância do que ele estava sofrendo com aqueles socos na cara, não pude suportar: com um golpe de energia que até me tonteou, botei o cotovelo no queixo dele, e um safanão o atirou longe. Me agarraram. O rapaz, completamente desatinado, fugiu na carreira.

Umas censuras rijas de transeuntes, nem me incomodei, estava sublime de segurança. Qualquer incerteza, qualquer hesitação que me nascesse naquele alvoroço interior em que eu escachoava, a imagem, mas única, exclusiva realidade daquilo tudo, a imagem de Frederico Paciência estava ali pra me mover. Eu vingara Frederico Paciência! Com a maior calma, peguei na minha mala que um colega segurava, nem disse adeus a ninguém. Fui embora compassado. Tinha também agora um sol comigo. Mas um sol ótimo, diferente daquele que me separa de meu amigo no caso do livro. Não era glória nem vanglória, nem volúpia de ter vencido, nada. Era um equilíbrio raro – esse raríssimo de quando a gente age como homem-feito, quando se é rapaz. Puro. E impuro.

Procurei Frederico Paciência essa noite e contei tudo. Primeiro me viera a vaidade de não contar, bancar o superior, fingindo não dar importância à briga, só pra ele saber de tudo pelos colegas. Mas estava grandioso por demais pra semelhante inferioridade. Contei tudo, detalhe por detalhe. Frederico Paciência me escutou, eu percebia que ele escutava devorando, não podendo perder um respiro meu. Fui heroico, antes: fui artista! Um como que sentimento de beleza me fez ajuntar muito pouca fantasia à descrição, desejando que ela fosse bem simples. Quando acabei, Frederico Paciência não disse uma palavra só, não aprovou, não desaprovou. E uma tristeza nos envolveu, a tristeza mais feliz de minha vida. Como estava bom, era quase sensual, a gente assim passeando os dois, tão tristes...

Mas de tudo isso, do livro, da invencionice dos colegas, da nossa revolta exagerada, nascera entre nós uma primeira, estranha frieza. Não era medo da calúnia alheia, era como um quebrar de esperanças insabidas, uma desilusão, uma espécie amarga de desistência. Pelo contrário, como que basofientos, mais diante de nós mesmos que do mundo, nasceu de tudo isso o nos aproximarmos fisicamente um do outro, muito mais que antes. O abraço ficou cotidiano em nossos bons-dias e até-logos.

Agora falávamos insistentemente da nossa "amizade eterna", projetos de nos vermos diariamente a vida inteira, juramentos de um fechar os olhos do que morresse primeiro. Comentando às claras o nosso amor de amigo, como que procurávamos nos provar que daí não podia nos vir nenhum mal, e principalmente nenhuma realização condenada pelo mundo. Condenação que aprovávamos com assanhamento. Era um jogo de cabeças unidas quando sentávamos pra estudar juntos, de mãos unidas sempre, e alguma vez mais rara, corpos enlaçados nos passeios noturnos. E foi aquele beijo que lhe dei no nariz depois, depois não, de repente no meio duma discussão rancorosa sobre se Bonaparte era gênio, eu jurando que não, ele que sim. – Besta! – Besta é você! Dei o beijo, nem sei! parecíamos estar afastados léguas um do outro nos odiando. Frederico Paciência recuou, derrubando a cadeira. O barulho facilitou nosso fragor interno, ele avançou, me abraçou com ansiedade, me beijou com amargura, me beijou na cara em cheio dolorosamente. Mas logo nos assustou a sensação de condenados que explodiu, nos separamos conscientes. Nos olhamos olho no olho e saiu o riso que nos acalmou. Estávamos verdadeiros e bastantes ativos na verdade escolhida. Estávamos nos amando de amigo outra vez; estávamos nos desejando, exaltantes no ardor, mas decididos, fortíssimos, sadios.

– Precisamos tomar mais cuidado.

Quem falou isso? Não sei se fui eu se foi ele, escuto a frase que jorrou de nós. Jamais fui tão grande na vida.

Mas agora já éramos amigos demais um do outro, já o convívio era alimento imprescindível de cada um de nós, para que o cuidado a tomar decidisse um afastamento. Continuamos inseparáveis, mas tomando cuidado. Não havia mais aquele jogo de mãos unidas, de cabeças confundidas. E quando por distração um se apoiava no outro, o afastamento imediato, rancoroso deste, desapontava o inocente.

O pior eram as discussões, cada vez mais numerosas, cada vez porventura mais procuradas. Quando a violência duma briga, "Você é uma besta!", "Besta é você!", nos excitava fisicamente demais, vinha aquela imagem jamais confessada do incidente do beijo, a discussão caía de chofre. A mudez súbita corrigia com brutalidade o caminho do mal e perseverávamos deslumbradamente fiéis à amizade. Mas tudo, afastamentos, correções, discussões quebradas em meio, só nos fazia desoladamente conscientes, em nossa hipocrisia generosa, de que aquilo ou nos levava para infernos insolúveis, ou era o princípio dum fim.

Com a formatura do ginásio descobrimos afinal um pretexto para iniciar a desagregação muito negada, e mesmo agora impensada, da nossa amizade. Falo que era "pretexto" porque me parece que tinha outras razões mais ponderosas. Mas Frederico Paciência insistia em fazer exames ótimos aquele último ano. Eu não pudera me resolver a estudos mais severos, justo num ano de curso em que era de praxe os examinadores serem condescendentes. Na aparência, nunca nos compreendêramos tão bem, tanto eu aceitava a honestidade escolar do meu amigo, como ele afinal se dispusera a compreender minha aversão ao estudo sistemático. Mas a diferença de rumos o prendia em casa e me deixava solto na rua. Veio uma placidez.

Tinha outras razões mais amargas, tinha os bailes. E havia a Rose aparecendo no horizonte, muito indecisa ainda. Se pouco menos de ano antes, conhecêramos juntos para que nos servia a mulher, só agora, nos dezesseis anos, é que a vida sexual se impusera entre os meus hábitos. Frederico Paciência parecia não sentir o mesmo orgulho de semostração e nem sempre queria me acompanhar. Às vezes me seguia numa contrariedade sensível. O que me levava ao despeito de não o convidar mais e a existir um assunto importantíssimo pra ambos, mas pra ambos de importância e preocupações opostas. A castidade serena de meu amigo, eu continuava classificando de "infâncias". Frederico Paciência, por seu lado, se escutava com largueza de perdão e às vezes certa curiosidade os meus descobrimentos de amor, contados quase sempre com minúcia raivosa, pra machucar, eu senti mais de uma vez que ele se fatigava em meio da narrativa insistente e se perdia em pensamentos de mistério, numa melancolia grave. E eu parava de falar. Ele não insistia. E ficávamos contrafeitos, numa solidão brutalmente física.

Mas ainda devia ter razões mais profundas para aquela desagregação sutil de amizade, desagregação, insisto, em que não púnhamos reparo. É que tínhamos nos preocupado demais com o problema da amizade, pra que a nossa não fosse sempre um objeto, é pena, mas bastante exterior a nós, um objeto de experimentação. De forma que passada em dois anos toda a aventura da amizade nascente, com suas audácias e incidentes, aquele prazer sereno da amizade cotidiana se tornara um "caso consumado". E isso, para a nossa rapazice necessariamente instável, não interessava quase. Nos amávamos agora com verdade perfeita mas sem curiosidade, sem a volúpia de brincar com fogo, sem aprendizado mais. E fora em defesa da amizade mesma que lhe mudáramos a... a técnica de manifestação. E esta técnica, feita de afastamentos e paciências, naquele estádio de verdades muito preto e branco, era uma pequena, voluntária desagregação impensada. De maneira que adquiríamos uma convicção falsa de que estávamos nos afastando um do outro, por incapacidade, ou melhor: por medo de nos analisarmos em nossa desagregação verdadeira, entenda quem quiser. No colégio éramos apenas colegas. De noite não nos encontrávamos mais, ele estudando. Mas que domingos sublimes agora, quando algum piquenique detestado mas aceito com prazer espetacular muito fingido, não vinha perturbar nosso desejo de estarmos sós. Era uma ventura incontável esse encontro dominical, quanta franqueza, quanto abandono, quanto passado nos enobrecendo, nos aprofundando e era como uma carícia longa, velha, entediada. Vivíamos por vezes meia hora sem uma palavra, mas em que nossos espíritos, nossas almas entreconhecidas se entendiam e se irmanavam com silêncio vegetal.

Estou lutando desde o princípio destas explicações sobre a desagregação da nossa amizade, contra uma razão que me pareceu inventada enquanto escrevia, para sutilizar psicologicamente o conto. Mas agora não resisto mais. Está me parecendo que entre as causas mais insabidas, tinha também uma espécie de despeito desprezador de um pelo outro... Se no começo invejei a beleza física, a simpatia, a perfeição espiritual normalíssima de Frederico Paciência, e até agora sinto saudades de tudo isso, é certo que essa inveja abandonou muito cedo qualquer aspiração de ser exatamente igual ao meu amigo. Foi curtíssimo, uns três meses, o tempo em que tentei imitá-lo. Depois desisti, com muito propósito. E não era porque eu conseguisse me reconhecer na impossibilidade completa de imitá-lo, mas porque eu, sinceramente, sabei-me lá por quê! não desejava mais ser um Frederico Paciência!

O admirava sempre em tudo, mesmo porque até agora o acho cada vez mais admirável, até em sua vulgaridade que tinha muito de ideal. Mas pra mim, para o ser que eu me quereria dar, eu... eu corrigia Frederico Paciência. E é certo que não o corrigia no sentido da perfeição, sinceramente eu considerava Frederico Paciência perfeito, mas no sentido de uma outra concepção do ser, às vezes até diminuída de perfeições. A energia dele, a segurança serena, sobretudo aquela como que incapacidade de errar, aquela ausência do erro, não me interessavam suficientemente pra mim. E eu me surpreendia imaginando que se as possuísse, me sentiria diminuído.

E enfim eu me pergunto ainda até que ponto, não só para o meu ideal de mim, mas para ele mesmo, eu pretendera modificar, "corrigir" Frederico Paciência no sentido desse outro indivíduo ideal que eu desejara ser, de que ele fora o ponto-de-partida?... É certo que ele sempre foi pra comigo muito mais generoso, me aceitou sempre tal como eu era, embora interiormente, estou seguro disso, me desejasse melhor. Se satisfazia de mim para amigo, ao passo que a mim desde muito cedo ele principiou sobrando. Assim: o nos afastarmos um do outro em nossa cotidianidade, o que chamei já agora erradamente, tenho certeza, de "desagregação", era mas apenas um jeito da amizade verdadeira. Era mesmo um aperfeiçoamento de amizade, porque agora nada mais nos interessava senão o outro tal como era, em nossos encontros a sós: nos amávamos pelo que éramos, tal como éramos, desprendidamente, gratuitamente, sem o instinto imperialista de condicionar o companheiro a ficções de nossa inteira fabricação. Estou convencido que perseveraríamos amigos pela vida inteira, se ela, a tal, a vida, não se encarregasse de nos roubar essa grandeza.

Pouco depois de formados, ano que foi de hesitação pra nós, eu querendo estudar pintura mas "isso não era carreira", ele medicina, mas os negócios prendendo a São Paulo a gente dele, uma desgraça me aproximou de Frederico Paciência: morreu-lhe o Pai. Me devotei com sinceridade. Nascera em mim uma experiência, uma... sim, uma paternidade crítica em que as primeiras hesitações de Frederico Paciência puderam se apoiar sem reserva.

Meu amigo sofreu muito. Mas, sem indicar insensibilidade nele (aliás era natural que não amasse muito um pai que fora indiferentemente bom) me parece que a dor maior de Frederico Paciência não foi perder o Pai, foi a decepção que isso lhe dava. Sentiu um espanto formidável essa primeira vez que deparou com a morte. Mas fosse decepção, fosse amor, sofreu muito. Fui eu a consolar e consegui o mais perfeito dos sacrifícios, fiquei muito mudo, ali. O melhor alívio para a infelicidade da morte é a gente possuir consigo a solidão silenciosa duma sombra irmã. Vai-se pra fazer um gesto, e a sombra adivinha que a gente quer água, e foi buscar. Ou de repente estende o braço, tira um fiapo que pegou na vossa roupa preta.

Dois dias depois da morte, ainda marcados pelas cenas penosas do enterro, a Mãe de Frederico Paciência chorava na saleta ao lado, se deixando conversar num grupo de velhas, quando ouvimos:

– Rico! (com erre fraco, era o apelido caseiro do meu amigo.)

Fomos logo. De-pé, na frente da coitada, estava um homem de luto, *plastron*, nos esperando. E ela angustiada:

– Veja o que esse homem quer!

Viera primeiro apresentar os pêsames.

– ... conheci muito o vosso defunto pai, coitado. Nobre caráter... Mas como a sua excelentíssima progenitora poderá precisar de alguém, vim lhe oferecer os meus préstimos. Orgulho-me de ter em nosso cartório a melhor clientela de São Paulo. Para ficar livre das formalidades do inventário (e mostrava um papel) é só a sua excelentíssima...

Não sei o que me deu, tive um heroísmo:

– Saia!

O homem me olhou com energia desprezadora.

– Saia, já falei!

O homem era forte. Fiz um gesto pra empurrá-lo, ele recuou. Mas na porta quis reagir de novo e então o crivei, o crivamos de socos, ele desceu a escada do jardim caicaindo. Outra vez no quarto, era natural, estávamos muito bem-humorados. Contínhamos o riso pela conveniência da morte, mas foi impossível não sorrir com a lembrança do homem na escada.

– Deite pra descansar um pouquinho.

Ele deitou, exagerando a fadiga, sentindo gosto em obedecer. Sentei na borda da cama, como que pra tomar conta dele, e olhei o meu amigo. Ele tinha o rosto iluminado por uma frincha de janela vespertina. Estava tão lindo que o contemplei embevecido. Ele principiou lento, meio menino, reafirmando projetos. Iriam logo para o Rio, queria se matricular na Faculdade. O Rio... Mamãe é carioca, você já não sabia?... Tenho parentes lá. Com os lábios se movendo rubros, naquele ondular de fala propositalmente fatigada. Eu olhava só. Frederico Paciência percebeu, parou de falar de repente, me olhando muito também. Percebi o mutismo dele, entendi por que era, mas não podia, custei a retirar os olhos daquela boca tão linda. E quando os nossos olhos se encontraram, quase assustei porque Frederico Paciência me olhava, também como eu estava, com olhos de desespero, inteiramente confessado. Foi um segundo trágico, de tão exclusivamente infeliz. Mas a imagem do morto se interpôs com uma presença enorme, recente por demais, dominadora. Talvez nós não pudéssemos naquele instante vencer a fatalidade em que já estávamos, o morto é que venceu.

Depois de dois meses de preparativos que de novo afastaram muito Frederico Paciência de mim, veio a separação. A última semana de nossa amizade (não tem dúvida: a última. Tudo o mais foram idealismos, vergonhas, abusos de preconceitos), a última semana foram dias de noivado pra nós, que de carícias! Mas não quisemos, tivemos um receio enorme de provocar um novo instante como aquele de que o morto nos salvara. Não se trocou palavra sobre o sucedido e forcejamos por provar um ao outro a inexistência daquela realidade estrondosa, que nos conservara amigos tão desarrazoados mas tão perfeitos por mais de três anos. Positivamente não valia a pena sacrificar perfeição tamanha e varrer a florada que cobria o lodo (e seria o lodo mais necessário, mais "real" que a florada?) numa aventura insolúvel. Só que agora a proximidade da separação justificava a veemência dos nossos transportes. Não saíamos da casa dele, com vergonha de mostrar a um público sem nuanças, a impaciência das nossas carícias. Mudos, muitas vezes abraçados, cabeças unidas, naquele sofá trazido da sala-de-visitas, que ficara ali. Quando um dizia qualquer coisa, o outro concordava depressa, porque, mais que a complacência da despedida, nos assustava demais o perigo de discutir. E a única vez em que, talvez esquecido, Frederico Paciência se atirou sobre a cama porque o sono estava chegando, fiquei hirto, excessivamente petrificado, olhando o chão com tão desesperada fixidez, que ele percebeu. Ou não percebeu e a mesma lembrança feroz o massacrou. Foi levantando disfarçado. E de repente, quase gritando, é que falou:

– Mas Juca, o que você tem!

Eu tinha os olhos cheios de lágrimas. Ele sentou e ficamos assim sem falar mais. E era assim que ficávamos aquelas horas exageradamente brevíssimas de adeus. Depois um vulto imaterial de senhora, sacudindo a cabeça, querendo sorrir, lacrimosa, nos falava:

– Meus filhos, são onze horas!

Frederico Paciência vinha me trazer até em casa. Sofríamos tanto que parece impossível sofrer com tamanha felicidade. E toda noite era aquilo: a boca rindo, os olhos cheios de lágrimas. Sucedeu até que depois de deixado, eu batesse de novo à porta, fosse correndo alcançar Frederico Paciência, e o acompanhasse à casa dele outra vez. E agora íamos abraçados, num desespero infame de confessar descaradamente ao universo o que nunca existira entre nós dois. Mas assim como em nossas casas agora todos nos respeitavam, enlutados na previsão dum drama venerável de milagre, nos deixando ir além das horas e quebrar quaisquer costumes, também os transeuntes tardos, farristas bêbados e os vivos da noite, nos miravam, não diziam nada, deixando passar.

Afinal a despedida chegou mesmo. Curta, arrastada, muito desagradável, com aquele trem custando a partir, e nós ambos já muito indiferentes um pelo outro, numa já apenas recordação sem presença, que não entendíamos nem podia nos interessar. O sorriso famoso que quer sorrir mas está chorando, chorando muito, tudo o que a vida não chorou. "Então? adeus?" "Qual! até breve!"; "Você volta mesmo!..."; "Juro que volto!". O soluço que engasga na risada alegre da partida, enfim livre! O trem partindo. Aquela sensação nítida de alívio. Você vai andando, vê uma garota, e já está noutro mundo. Tropeça num do grupo que sai da estação, "Desculpe!", ele vos olha, é um rapaz, os dois riem, se simpatizam, poderia ser uma amizade nova. E as luzes miraculosas, rua de todos.

Cartas. Cartas carinhosíssimas fingindo amizade eterna. Em mim despertara o interesse das coisas literárias: fazia literatura em cartas. Cartas não guardadas que ficam por aí, tomando lugar, depois jogadas fora pela criada, na limpeza. Cartas violentamente reclamadas, por causa da discussão com a criadinha, discussões conscientemente provocadas porque a criadinha era gorda. Cartas muito pouco interessantes. O que contávamos do que estava se passando com nossas vidas, Rico na Medicina, eu na música e fazendo versos, o caso até chateava o outro. Sim: tenho a certeza que a ele também aporrinhava o que eu dizia. As cartas se espaçavam.

Foi quando um telegrama veio me contando que a Mãe de Frederico Paciência morrera. Não resistira à morte do marido, como um médico bem imaginara. É indizível o alvoroço em que estourei, foi um deslumbramento, explodiu em mim uma esperança fantástica, fiquei tão atordoado que saí andando solto pela rua. Não podia pensar: realidade estava ali. A Mãe de Rico, que me importava a Mãe de Frederico Paciência! E o que é mais terrível de imaginar: mas nem a ele o sofrimento inegável lhe importava: a morte lhe impusera o desejo de mim. Nós nos amávamos sobre cadáveres. Eu bem que percebia que era horrível. Mas por isso mesmo que era horrível, pra ele mais forte que eu, isso era decisório. E eu me gritava por dentro, com o mais deslavado dos cinismos conscientes, fingindo e sabendo que fingia: Rico está me chamando, eu vou. Eu vou. Eu preciso ir. Eu vou.

Desta vez o cadáver não seria empecilho, seria ajuda, o que nos salvou foi a distância. Não havia jeito de eu ir ao Rio. Era filho-família, não tinha dinheiro. Ainda assim pedi pra ir, me negaram. E quando me negaram, eu sei, fiquei feliz, feliz! Eu bem sabia que haviam de me negar, mas não bastava saber. Como que eu queria tirar de cima de mim a responsabilidade da minha salvação. Ou me tornar mais consciente da minha pobreza moral. Fiquei feliz, feliz! Mandei apenas "sinceros pêsames" num telegrama.

Foi um fim bruto, de muro. Ainda me lembrei de escrever uma carta linda, que ele mostrasse a muitas pessoas que ficavam me admirando muito. Como ele escreve bem! diriam. Mas aquele telegrama era uma recusa formal. Sei que em mim era sempre uma recusa desesperada, mas o fato de parecer formal, me provava que tudo tinha se acabado entre nós. Não escrevi. E Frederico Paciência nunca mais me escreveu. Não agradeceu os pêsames. A imagem dele foi se afastando, se afastando, até se fixar no que deixo aqui.

Me lembro que uma feita, diante da irritação enorme dele comentando uma pequena que o abraçara num baile, sem a menor intenção de trocadilho, só pra falar alguma coisa, eu soltara:

– Paciência, Rico.

– Paciência me chamo eu!

Não guardei este detalhe para o fim, pra tirar nenhum efeito literário, não. Desde o princípio que estou com ele pra contar, mas não achei canto adequado. Então pus aqui porque, não sei... essa confusão com a palavra "paciência" sempre me doeu malestarentamente. Me queima feito uma caçoada, uma alegoria, uma assombração insatisfeita.

TEMPO DA CAMISOLINHA

A Liddy Chiafarelli[1]

A feiura dos cabelos cortados me fez mal. Não sei que noção prematura da sordidez dos nossos atos, ou exatamente, da vida, me veio nessa experiência da minha primeira infância. O que não pude esquecer, e é minha recordação mais antiga, foi, dentre as brincadeiras que faziam comigo para me desemburrar da tristeza em que ficara por me terem cortado os cabelos, alguém, não sei mais quem, uma voz masculina falando: "Você ficou um homem, assim!". Ora eu tinha três anos, fui tomado de pavor. Veio um medo lancinante de já ter ficado homem naquele tamanhinho, um medo medonho, e recomecei a chorar.

Meus cabelos eram muito bonitos, dum negro quente, acastanhado nos reflexos. Caíam pelos meus ombros em cachos gordos, com ritmos pesados de molas de espiral. Me lembro de uma fotografia minha desse tempo, que depois destruí por uma espécie de polidez envergonhada... Era já agora bem homem e aqueles cabelos adorados na infância, me pareceram de repente como um engano grave, destruí com rapidez o retrato. Os traços não eram felizes, mas na moldura da cabeleira havia sempre um olhar manso, um rosto sem marcas, franco, promessa de alma sem maldade. De um ano depois do corte dos cabelos ou pouco mais, guardo outro retrato tirado junto com Totó, meu mano. Ele, quatro anos mais velho que eu, vem garboso e completamente infantil numa bonita roupa marinheira; eu, bem menor, inda conservo uma camisolinha de veludo, muito besta, que minha mãe por economia teimava utilizar até o fim.

Guardo esta fotografia porque se ela não me perdoa do que tenho sido, ao menos me explica. Dou a impressão de uma monstruosidade insubordinada. Meu irmão, com seus oito anos, é uma criança integral, olhar vazio de

1 Liddy [Elisa Hedwig] Chiafarelli Mignone (São Paulo, 1891-1961). Filha do maestro italiano Luigi Chiafarelli, professor de MA no Conservatório Dramático e Musical de São Paulo, casada com o compositor Francisco Mignone, amigo do escritor desde essa época e, especialmente, quando ele viveu no Rio de Janeiro entre 1938 e o início de 1941.

experiência, rosto rechonchudo e lisinho, sem caráter fixo, sem malícia, a própria imagem da infância. Eu, tão menor, tenho esse quê repulsivo do anão, pareço velho. E o que é mais triste, com uns sulcos vividos descendo das abas voluptuosas do nariz e da boca larga, entreaberta num risinho pérfido. Meus olhos não olham, espreitam. Fornecem às claras, com uma facilidade teatral, todos os indícios de uma segunda intenção.

Não sei por que não destruí em tempo também essa fotografia, agora é tarde. Muitas vezes passei minutos compridos me contemplando, me buscando dentro dela. E me achando. Comparava-a com meus atos e tudo eram confirmações. Tenho certeza que essa fotografia me fez imenso mal, porque me deu muita preguiça de reagir. Me proclamava demasiadamente em mim e afogou meus possíveis anseios de perfeição. Voltemos ao caso que é melhor.

Toda a gente apreciava os meus cabelos cacheados, tão lentos! e eu me envaidecia deles, mais que isso, os adorava por causa dos elogios. Foi por uma tarde, me lembro bem, que meu pai suavemente murmurou uma daquelas suas decisões irrevogáveis: "É preciso cortar os cabelos desse menino". Olhei de um lado, de outro, procurando um apoio, um jeito de fugir daquela ordem, muito aflito. Preferi o instinto e fixei os olhos já lacrimosos em mamãe. Ela quis me olhar compassiva, mas me lembro como se fosse hoje, não aguentou meus últimos olhos de inocência perfeita, baixou os dela, oscilando entre a piedade por mim e a razão possível que estivesse no mando do chefe. Hoje, imagino um egoísmo grande da parte dela, não reagindo. As camisolinhas, ela as conservaria ainda por mais de ano, até que se acabassem feitas trapos. Mas ninguém percebeu a delicadeza da minha vaidade infantil. Deixassem que eu sentisse por mim, me incutissem aos poucos a necessidade de cortar os cabelos, nada: uma decisão à antiga, brutal, impiedosa, castigo sem culpa, primeiro convite às revoltas íntimas: "é preciso cortar os cabelos desse menino".

Tudo o mais são memórias confusas ritmadas por gritos horríveis, cabeça sacudida com violência, mãos enérgicas me agarrando, palavras aflitas me mandando com raiva entre piedades infecundas, dificuldades irritadas do cabeleireiro que se esforçava em ter paciência e me dava terror. E o pranto, afinal. E no último e prolongado fim, o chorinho doloridíssimo, convulsivo, cheio de visagens próximas atrozes, um desespero desprendido de tudo, uma fixação emperrada em não querer aceitar o consumado.

Me davam presentes. Era razão pra mais choro. Caçoavam de mim: choro. Beijos de mamãe: choro. Recusava os espelhos em que me diziam bonito. Os cadáveres de meus cabelos guardados naquela caixa de sapatos: choro. Choro e recusa. Um não-conformismo navalhante que de um momento pra outro me virava homem-feito, cheio de desilusões, de revoltas, fácil para todas as ruindades. De noite fiz questão de não rezar; e minha mãe, depois de várias tentativas, olhou o lindo quadro de N. S. do Carmo, com mais de século na família dela, gente empobrecida mas diz-que nobre, o olhou com olhos de imploração. Mas eu estava com raiva da minha madrinha do Carmo.

E o meu passado se acabou pela primeira vez. Só ficavam como demonstrações desagradáveis dele, as camisolinhas. Foi dentro delas, camisolas de fazendinha barata (a gloriosa, de veludo, era só para as grandes ocasiões), foi dentro ainda das camisolinhas que parti com os meus pra Santos, aproveitar as férias do Totó sempre fraquinho, um junho.

Havia aliás outra razão mais tristonha pra essa vilegiatura aparentemente festiva de férias. Me viera uma irmãzinha aumentar a família e parece que o parto fora desastroso, não sei direito... Sei que mamãe ficara quase dois meses de cama, paralítica, e só principiara mesmo a andar premida pelas obrigações da casa e dos filhos. Mas andava mal, se encostando nos móveis, se arrastando, com dores insuportáveis na voz, sentindo puxões nos músculos das pernas e um desânimo vasto. Menos tratava da casa que se iludia, consolada por cumprir a obrigação de tratar da casa. Diante da iminência de algum desastre maior, papai fizera um esforço espantoso para o seu ser que só imaginava a existência no trabalho sem recreio, todo assombrado com os progressos financeiros que fazia e a subida de classe. Resolvera aceitar o conselho do médico, se dera férias também, e levara mamãe aos receitados banhos de mar.

Isso foi, convém lembrar, ali pelos últimos anos do século passado, e a praia do José Menino era quase um deserto longe. Mesmo assim, a casa que papai alugara não ficava na praia exatamente, mas numa das ruas que a ela davam e onde uns operários trabalhavam diariamente no alinhamento de um dos canais que carreavam o enxurro da cidade para o mar do golfo. Aí vivemos perto de dois meses, casão imenso e vazio, lar improvisado cheio de deficiências, a que o desmazelo doentio de mamãe ainda melancolizava mais, deixando pousar em tudo um ar de mau trato e passagem.

É certo que os banhos logo lhe tinham feito bem, lhe voltaram as cores, as forças, e os puxões dos nervos desapareciam com rapidez. Mas ficara a lembrança do sofrimento muito grande e próximo, e ela sentia um prazer perdoável de representar naquelas férias o papel largado da convalescente. A papai então o passeio deixara bem menos pai, um ótimo camarada com muita fome e condescendência. Eu é que não tomava banho de mar nem que me batessem! No primeiro dia, na roupinha de baeta calçuda, como era a moda de então, fora com todos até a primeira onda, mas não sei que pavor me tomou, dera tais gritos, que nem mesmo o exemplo sempre invejado de meu mano mais velho me fizera mais entrar naquelas águas vivas. Me parecia morte certa, vingativa, um castigo inexplicável do mar, que o céu de névoa de inverno deixava cinzento e mau, enfarruscado, cheio de ameaças impiedosas. E até hoje detesto banho de mar... Odiei o mar, e tanto, que nem as caminhadas na praia me agradavam, apesar da companhia agora deliciosa e faladeira de papai. Os outros que fossem passear, eu ficava no terreno maltratado da casa, algumas árvores frias e um capim amarelo, nas minhas conversas com as formigas e o meu sonho grande. Ainda apreciava mais, ir até à borda barrenta do canal, onde os operários me protegiam de qualquer perigo. Papai é que não gostava muito disso não, porque tendo sido operário um dia e subido de classe por esforço pessoal e Deus sabe lá que sacrifícios, considerava operário má companhia pra filho de negociante mais ou menos. Porém mamãe intervinha com o "deixe ele!" de agora, fatigado, de convalescente pela primeira vez na vida com vontades; e lá estava eu dia inteiro, sujando a barra da camisolinha na terra amontoada do canal, com os operários.

Vivia sujo. Muitas vezes agora até me faltavam, por baixo da camisola, as calcinhas de encobrir as coisas feias, e eu sentia um esporte de inverno em levantar a camisola na frente pra o friozinho entrar. Mamãe se incomodava muito com isso, mas não havia calcinhas que chegassem, todas no varal enxugando ao sol fraco. E foi por causa disso que entrei a detestar minha madrinha, N. S. do Carmo. Não vê que minha mãe levara pra Santos aquele quadro antigo de que falei e de que ela não se separava nunca, e quando me via erguendo a camisola no gesto indiscreto, me ameaçava com a minha encantadora madrinha: "Meu filho, não mostre isso, que feio! repare: sua madrinha está te olhando na parede!". Eu espiava pra minha madrinha do Carmo na parede, e descia a camisolinha, mal convencido, com raiva da santa linda, tão apreciada noutros tempos, sorrindo sempre e com aquelas mãos gordas e quentes. E desgostoso ia brincar no barro do canal, botando a culpa de tudo no quadro secular. Odiei minha madrinha santa.

Pois um dia, não sei o que me deu de repente, o desígnio explodiu, nem pensei: largo correndo os meus brinquedos com o barro, barafusto porta a dentro, vou primeiro espiar onde mamãe estava. Não estava. Fora passear na praia matinal com papai e Totó. Só a cozinheira no fogão perdida, conversando com a ama da Mariazinha nova. Então podia! Entrei na sala da frente, solene, com uma coragem desenvolta, heroica, de quem perde tudo mas se quer liberto. Olhei francamente, com ódio, a minha madrinha santa, eu bem sabia, era santa, com os doces olhos se rindo pra mim. Levantei quanto pude a camisola e empinando a barriguinha, mostrei tudo pra ela. "Tó! que eu dizia, olhe! olhe bem! tó! olhe bastante mesmo!". E empinava a barriguinha de quase me quebrar pra trás.

Mas não sucedeu nada, eu bem imaginava que não sucedia nada... Minha madrinha do quadro continuava olhando pra mim, se rindo, a boba, não zangando comigo nada. E eu saí muito firme, quase sem remorso, delirando num orgulho tão corajoso no peito, que me arrisquei a chegar sozinho até a esquina da praia larga. Estavam uns pescadores ali mesmo na esquina, conversando, e me meti no meio deles, sempre era uma proteção. E todos eles eram casados, tinham filhos, não se amolavam proletariamente com os filhos, mas proletariamente davam muita importância pra o filhinho de "seu dotô" meu pai, que nem era doutor, graças a Deus.

Ora se deu que um dos pescadores pegara três lindas estrelas-do-mar e brincava com elas na mão, expondo-as ao solzinho. E eu fiquei num delírio de entusiasmo por causa das estrelas-do-mar. O pescador percebeu logo meus olhos de desejo, e sem paciência pra ser bom devagar, com brutalidade, foi logo me dando todas.

– Tome pra você, que ele disse, estrela-do-mar dá boa-sorte.

– O que é boa-sorte, hein?

Ele olhou rápido os companheiros porque não sabia explicar o que era boa-sorte. Mas todos estavam esperando e ele arrancou meio bravo:

– Isto é... não vê que a gente fica cheio de tudo... dinheiro, saúde...

Pigarreou fatigado. E depois de me olhar com um olho indiferentemente carinhoso, acrescentou mais firme:

– Seque bem elas no sol que dá boa-sorte.

Isso nem agradeci, fui numa chispada luminosa pra casa esconder minhas estrelas-do-mar. Pus as três ao sol, perto do muro lá no fundo do quintal onde ninguém chegava, e entre feliz e inquieto fui brincar no canal. Mas quem disse brincar! me dava aquela vontade amante de ver minhas estrelas e voltava numa chispada luminosa contemplar as minhas tesoureiras da boa-sorte. A felicidade era tamanha e o desejo de contar minha glória, que até meu pai se inquietou com o meu fastio no almoço. Mas eu não queria contar. Era um segredo contra tudo e todos, a arma certa da minha vingança, eu havia de machucar bastante Totó, e quando mamãe se incomodasse com o meu sujo, não sei não... mas pelo menos ela havia de dar um trupicão de até dizer "ai!", bem feito! As minhas estrelas-do-mar estavam lá escondidas junto do muro me dando boa-sorte. Comer? pra que comer? elas me davam tudo, me alimentavam, me davam licença pra brincar no barro, e se Nossa Senhora, minha madrinha, quisesse se vingar daquilo que eu fizera pra ela, as estrelas me salvavam, davam nela, machucavam muito ela, isto é... muito eu não queria não, só um bocadinho, que machucassem um pouco, sem estragar a cara tão linda da pintura, só pra minha madrinha saber que agora eu tinha a boa-sorte, estava protegido e nem precisava mais dela, tó! ai que saudades das minhas estrelas-do-mar!... Mas não podia desistir do almoço pra ir espiá-las, Totó era capaz de me seguir e querer uma pra ele, isso nunca!

– Esse menino não come nada, Maria Luísa!

– Não sei o que é isso hoje, Carlos! Meu filho, coma ao menos a goiabada...

Que goiabada nem mané goiabada! eu estava era pensando nas minhas estrelas, doido por enxergá-las. E nem bem o almoço se acabou, até disfarcei bem, e fui correndo ver as estrelas-do-mar.

Eram três, uma menorzinha e duas grandonas. Uma das grandonas tinha as pernas um bocado tortas para o meu gosto, mas assim mesmo era muito mais bonita que a pequetitinha, que trazia um defeito imenso numa das pernas, faltava a ponta. Essa decerto não dava boa-sorte não, as outras é que davam: e agora eu havia de ser sempre feliz, não havia de crescer, minha madrinha gostosa se rindo sempre, mamãe completamente sarada me dando brinquedos, com papai não se amolando por causa dos gastos. Não! a estrela pequenina dava boa-sorte também, nunca que eu largasse de uma delas!

Foi então que aconteceu o caso desgraçado de que jamais me esquecerei no seu menor detalhe. Cansei de olhar minhas estrelas e fui brincar no canal. Era já na hora do meio-dia, hora do almoço, da janta, do não-sei-o-quê dos operários, e eles estavam descansando jogados na sombra das árvores. Apenas um porém, um portuga magruço e bárbaro, de enormes bigodões, que não me entrava nem jamais dera importância pra mim, estava assentado num monte de terra, afastado dos outros, ar de melancolia. Eu brincava por ali tudo, mas a solidão do homem me preocupava, quase me doía, e eu rabeava umas olhadelas para a banda dele, desejoso de consolar. Fui chegando com ar de quem não quer e perguntei o que ele tinha. O operário primeiro deu de ombros, português, bruto, bárbaro, longe de consentir na carícia da minha pergunta infantil. Mas estava com uns olhos tão tristes, o bigode caía tanto, desolado, que insisti no meu carinho e perguntei mais outra vez o que ele tinha. "Má sorte" ele resmungou, mais a si mesmo que a mim.

Eu porém é que ficara aterrado. Minha Nossa Senhora! aquele homem tinha má sorte! aquele homem enorme com tantos filhinhos pequenos e uma mulher paralítica na cama!... E no entanto eu era feliz, feliz! e com três estrelinhas-do-mar pra me darem boa-sorte... É certo: eu pusera imediatamente as três estrelas no diminutivo, porque se houvesse de ceder alguma ao operário, já de antemão eu desvalorizava as três, todas as três, na esperança desesperada de dar apenas a menor. Não havia diferença mais, eram apenas três "estrelinhas"-do-mar. Fiquei desesperado. Mas a lei se riscara iniludível no meu espírito: e se eu desse boa-sorte ao operário na pessoa da minha menor estrelinha pequetitinha?... Bem que podia dar a menor, era tão feia mesmo, faltava uma das pontas, mas sempre era uma estrelinha-do-mar. Depois: operário não era bem-vestido como papai, não carecia de uma boa-sorte muito grande não. Meus passos tontos já me conduziam para o fundo do quintal fatalizadamente. Eu sentia um sol de rachar completamente forte.

Agora é que as estrelinhas ficavam bem secas e davam uma boa-sorte danada, acabava duma vez a paralisia da mulher do operário, os filhinhos teriam pão e N. S. do Carmo, minha madrinha, nem se amolava de enxergar o pintinho deles. Lá estavam as três estrelinhas, brilhando no ar do sol, cheias de uma boa-sorte imensa. E eu tinha que me desligar de uma delas, da menorzinha estragada, tão linda! justamente a que eu gostava mais, todas valiam igual, porque a mulher do operário não tomava banhos de mar? mas sempre, ah meu Deus que sofrimento! eu bem não queria pensar mas pensava sem querer, deslumbrado, mas a boa mesmo era a grandona perfeita, que havia de dar mais boa-sorte pra aquele malvado de operário que viera, cachorro! dizer que estava com má sorte. Agora eu tinha que dar pra ele a minha grande, a minha sublime estrelona-do-mar!...

Eu chorava. As lágrimas corriam francas listrando a cara sujinha. O sofrimento era tanto que os meus soluços nem me deixavam pensar bem. Fazia um calor horrível, era preciso tirar as estrelas do sol, senão elas secavam demais, se acabava a boa-sorte delas, o sol me batia no coco, eu estava tonto, operário, má sorte, a estrela, a paralítica, a minha sublime estrelona-do-mar! Isso eu agarrei na estrela com raiva, meu desejo era quebrar a perna dela também pra que ficasse igualzinha à menor, mas as mãos adorantes desmentiam meus desígnios, meus pés é que resolveram correr daquele jeito, rapidíssimos, pra acabar de uma vez com o martírio. Fui correndo, fui morrendo, fui chorando, carregando com fúria e carícia a minha maiorzona estrelinha-do-mar. Cheguei pro operário, ele estava se erguendo, toquei nele com aspereza, puxei duro a roupa dele:

– Tome! eu soluçava gritado, tome a minha... tome a estrela-do-mar! dá... dá, sim, boa-sorte!...

O operário olhou surpreso sem compreender. Eu soluçava, era um suplício medonho.

– Pegue depressa! faz favor! depressa! dá boa-sorte mesmo!

Aí que ele entendeu, pois não me aguentava mais! Me olhou, foi pegando na estrela, sorriu por trás dos bigodões portugas, um sorriso desacostumado, não falou nada felizmente que senão eu desatava a berrar. A mão calosa quis se ajeitar em concha pra me acarinhar, certo! ele nem media a extensão do meu sacrifício! e a mão calosa apenas roçou por meus cabelos cortados.

Eu corri. Eu corri pra chorar à larga, chorar na cama, abafando os soluços no travesseiro sozinho. Mas por dentro era impossível saber o que havia em mim, era uma luz, uma Nossa Senhora, um gosto maltratado, cheio de desilusões claríssimas, em que eu sofria arrependido, vendo inutilizar-se no infinito dos sofrimentos humanos a minha estrela-do-mar.

CRONOLOGIA

1893

Nascimento de Mário Raul de Moraes Andrade, em 9 de outubro, na residência do avô materno, Joaquim de Almeida Leite Moraes, à rua Aurora, 320, na região central da cidade de São Paulo. De tradicional família paulista, o avô, jornalista e político que fora presidente da Província de Goiás, em 1881, fizera-se acompanhar, em seu mandato, de Carlos Augusto de Andrade, também jornalista, na qualidade de seu secretário. De regresso a São Paulo, assumira, em 1882, a cátedra de Direito Criminal, na Faculdade de Direito do largo de São Francisco e publicara, em 1883, *Apontamentos de viagem de São Paulo à capital de Goiás, desta à do Pará, pelos rios Araguaia e Tocantins e do Pará à Corte*: Considerações administrativas e políticas. Carlos Augusto, de origem modesta, autodidata, desligara-se do jornalismo, tornando-se proprietário da Casa Andrade, Irmão & Cia., tipografia, papelaria e ocasional editora de livros; continuara amigo de Leite Moraes. Viúvo, casara-se com a filha caçula deste, Maria Luísa, em 1887. No ano seguinte, Carlos, o primogênito do casal, viera ao mundo e morrera aos 8 meses; em 1889, nascera o segundo Carlos, que será advogado e político; em 1891, Maria Augusta, cuja vida durara poucos dias.

1895

Morte do avô; o pai, Carlos Augusto, constrói uma casa grande no largo do Paissandu, 26. Muda-se para lá no ano seguinte com a mulher, os filhos, a sogra e a cunhada Ana Francisca, madrinha de Mário. Esta, a tia Nhanhã, moça de grande beleza, solteira por força de um amor contrariado, passará toda a sua vida na companhia da irmã. Na casa ao lado, à rua Visconde do Rio Branco, vive a cunhada mais velha de Carlos Augusto, Isabel Maria do Carmo de Moraes Rocha, viúva de Cândido Lourenço Correa da Rocha, fazendeiro em Araraquara.

1899

Com 6 anos de idade, Mário de Andrade (MA) ingressa no grupo escolar da Alameda do Triunfo, perto de sua casa. Em 6 de fevereiro, nasce seu irmão, Renato.

1900

Carlos Augusto de Andrade edita a comédia de sua autoria, *Palavra antiga*. É um dos proprietários do Teatro São Paulo; encena, em sua casa, peças curtas, inclusive as suas.

1901

Em 17 de agosto, nasce a irmã de MA, Maria de Lourdes.

1903

Escreve o primeiro poema: "Fio-ri de-la-pá/ Ge-ni trans-fé-li gú-i-di nus pi-gór--di/ Ge-ni-trans fe-li gu-i-nór-di/ Ge-ni".

1904

Conclui o grupo escolar. Realiza a primeira comunhão em 8 de dezembro, na Igreja de Nossa Senhora do Carmo. A infância decorre na companhia de tios e primos. Parentes de Araraquara vêm à capital e lá hospedam os de São Paulo. Araraquara representa um significativo vínculo na vida do escritor.

1905

Ingressa no Ginásio Nossa Senhora do Carmo, dirigido pelos irmãos maristas.

1906

O Conservatório Dramático e Musical de São Paulo, recém-fundado, contrata Carlos Augusto de Andrade como guarda-livros (contador).

1908

Aluno pouco interessado, sofre reprovação em grego.

1909

Forma-se bacharel em Ciências e Letras pelo Ginásio Nossa Senhora do Carmo. O aluno desmotivado transmuda-se em aplicado autodidata: intensifica leituras; é assíduo em concertos e conferências. Aprende piano em casa com a

mãe e a tia. Renato, o irmão caçula, estuda o mesmo instrumento no Conservatório, pretendendo ser concertista.
Entra para a Congregação da Imaculada Conceição, na Igreja de Santa Efigênia.

1910

Sonha ser pintor, mas ingressa na Escola de Comércio Álvares Penteado, visando ao diploma de guarda-livros. Ali permanece apenas até a metade de abril, desentendendo-se com um dos professores, o português Gervásio Araújo.
Frequenta, como ouvinte, o primeiro ano da Faculdade de Filosofia e Letras de São Paulo, vinculada à Universidade de Louvain, no Mosteiro de São Bento. Aluno do Monsenhor Charles Sentroul, estuda filosofia e literatura universal, retórica clássica; lê Francis Jammes, Claudel, Gustave Kahn, os unanimistas e os poetas da Abadia.
Primeiras obras e primeiras anotações formando a biblioteca que será imensa e dotada de substanciosa marginália. Primeiro passo na constituição de uma preciosa coleção de artes visuais: compra de quadro do acadêmico Torquato Bassi; não conservou a pintura.

1911

Habilitado para o terceiro ano de piano, cursa o Conservatório Dramático e Musical; como o irmão, Renato, deseja ser concertista.

1912

Nomeado "aluno praticante" (monitor); ensina, sem remuneração, princípios de Teoria Musical no Conservatório.
Sócio fundador da Sociedade de Cultura Artística, assim como seu irmão Carlos.

1913

Morte de Renato, a 22 de junho, tendo batido a cabeça durante um jogo de futebol, na escola. MA é abismado em profunda tristeza, da qual sairá depois de permanência em Araraquara, na fazenda de Pio Lourenço Correa, o "tio Pio", primo e grande amigo da família. Volta poeta e desiste da carreira de concertista, pois perde a firmeza nas mãos.
Professor de piano e História da Música no Conservatório.

1914

Primeiros contos e poemas.

Aluno do primeiro ano de canto do Conservatório.

1915

Primeiro texto na imprensa, "No Conservatório Dramático e Musical. Sociedade de Concertos Clássicos" em 11 de setembro, n'*O Commercio de S. Paulo.*

Diplomado em canto no Conservatório.

1916

Reservista do exército, faz exercícios militares como voluntário, no Rio de Janeiro. Congregado mariano, pede autorização para ler obras no *índex: Madame Bovary, Salammbô, Dictionnaire Larousse, Reisebilder, Neue Gedichte* de Heine, entre outras.

1917

Morte do pai, em 15 de fevereiro, durante o Carnaval.

Publica, sob o pseudônimo Mário Sobral, *Há uma gota de sangue em cada poema*; paga, de seu bolso, a impressão no prelo de Pocai & Cia. Concebe a capa e ilustra as páginas; poesia pacifista, católica, funde ao Parnasianismo elementos do Simbolismo e traços renovadores, captados em António Nobre, na poesia da Abadia e no Unanimismo.

Na exposição de Anita Malfatti, inaugurada em 12 de dezembro, desponta a fértil amizade com a pintora e o diálogo com as vanguardas. A exposição aproxima futuros modernistas – MA, Oswald de Andrade, Di Cavalcanti e Guilherme e Tácito de Almeida.

Saúda o Secretário da Justiça e da Segurança Pública, Eloy Chaves, conferencista no Conservatório, em evento de apoio à entrada do Brasil na Guerra. O discurso sai no *Correio Paulistano* e no *Jornal do Commercio*, em 22 de novembro.

Forma-se professor de piano e dicção.

1918

Noviciado da Venerável Ordem Terceira do Carmo; ano compromissal de 1917 a 1918.

Primeira audição dos seus alunos de piano no Conservatório.
Estudo de inglês; aulas de alemão com Else Schöller Eggebert e contato com a literatura do Romantismo alemão, com o Expressionismo e a música de Wagner.
Colaborador d'*A Gazeta*, como crítico de música, assina, ali, os importantes artigos "A divina preguiça", primeira valorização do ócio criador, em 3 de fevereiro, e, em 23 de novembro, "O Brasil e a Guerra".
Sob o pseudônimo Don José, recebe menção honrosa por "Anhangabaú", no concurso de sonetos sobre o rio paulistano recém-canalizado, promovido pela revista *A Cigarra*.

1919

Profissão de fé como irmão da Ordem Terceira do Carmo.
Contos e poemas de sua lavra são aceitos na revista paulistana *A Cigarra*.
Viagem a Minas Gerais, quando se encanta com a obra de Aleijadinho e visita o poeta simbolista Alphonsus de Guimaraens.
Assinante da revista *Deutsch Kunst und Dekoration*, que reproduz obras do Expressionismo.
Leitor de Baudelaire, frequenta reuniões na Vila Kyrial do mecenas Freitas Valle.

1920

Publica, na *Revista do Brasil*, de Paulo Prado e Monteiro Lobato, em São Paulo, a série "A arte religiosa no Brasil". Está na revista *Papel e Tinta*, primeira reunião dos modernistas paulistanos, e na *Ilustração Brasileira*, do Rio de Janeiro. Nesta divulga, entre novembro de 1920 e maio, 1921, a série "De São Paulo", crônicas de estreito parentesco com poemas de *Pauliceia desvairada*.
Leitura de Emile Verhaeren e Walt Whitman.
Recolhe documentos musicais populares, como pregões, parlendas e paródias.
Lê e deixa marginália na antologia da poesia expressionista, *Menschheits Dämmerung*.
Congregado mariano pede permissão à Cúria Metropolitana para ler autores no *índex:* Ada Negri, Fogazzaro, d'Annunzio.

1921

Casamento do irmão Carlos com Celeste Salles de Almeida. A mãe vende a casa da família e adquire três sobrados vizinhados à rua Lopes Chaves, na Barra

Funda. O da esquina é ocupado por ela, na companhia da filha Maria de Lourdes, da irmã Ana Francisca e de MA; o segundo fica com o filho Carlos; o terceiro, destinado ao escritor, quando se casasse, não recebeu esse dono que nunca se casou. MA apelida sua casa Morada do Coração Perdido.

Leitor da revista *L'Esprit Nouveau*, de Ozenfant, Le Corbusier e Paul Dermée.

Redação dos poemas e do "Prefácio interessantíssimo" de *Pauliceia desvairada*.

Faz parte dos "avanguardistas" de São Paulo, no dizer de Menotti Del Picchia, propagandista do movimento; comparece ao banquete do Trianon em 19 de janeiro, quando Oswald de Andrade oficializa o Modernismo.

Em 27 de maio, o artigo de Oswald de Andrade, "Meu poeta futurista", no *Jornal do Commercio*, embora sem declinar o nome, mas referindo atributos que o explicitam, projeta MA e transcreve "Tu", poema no livro dele que anuncia *Pauliceia desvairada*. Escandaliza os leitores. MA, em 6 de junho, no mesmo periódico, no artigo "Futurismo?", defende "o amigo"; ao lado dele, repudia rótulos estéticos e firma a própria pesquisa da modernidade.

Assina "Mestres do passado", série de sete artigos no *Jornal do Commercio*, severa crítica ao Parnasianismo, em julho, agosto e setembro.

Participa do segundo ciclo de conferências na Vila Kyrial, com *Debussy e o Impressionismo*.

Leitura de poemas de *Pauliceia desvairada*, na casa de Ronald de Carvalho, no Rio de Janeiro, em outubro, perante Manuel Bandeira, Sérgio Buarque de Holanda, Elysio de Carvalho e outros.

1922

Professor catedrático de Estética e História da Música, no Conservatório.

Toma parte ativa na Semana de Arte Moderna no Teatro Municipal, em fevereiro, recitando o poema "Domingo", de *Pauliceia desvairada*. No intervalo, no saguão do teatro, lê uma primeira versão de *A escrava que não é Isaura*, poética modernista.

Em maio, nasce a correspondência com Manuel Bandeira, entre as mais importantes de MA.

Paga à Casa Mayença a edição, com o "Prefácio interessantíssimo", de *Pauliceia desvairada*, livro marco do Modernismo brasileiro, trazendo capa de losangos desenhada por Guilherme de Almeida, conforme depoimento de Rubens Borba de Morais.

Redige o manifesto de *Klaxon* e integra o grupo dessa revista do Modernismo paulista.
Estuda alemão com Käthe Meichen Blosen, de quem se enamora.
Escreve, durante os exercícios de reservista, *Losango cáqui ou Afetos militares de mistura com os porquês de eu saber alemão,* "poesia de circunstância".
No terceiro ciclo de conferências de Vila-Kyrial, fala sobre a poesia modernista.
Forma com Tarsila do Amaral, Anita Malfatti, Oswald de Andrade e Menotti del Picchia o Grupo dos Cinco, glosando o grupo homônimo de compositores voltado à criação de uma estética musical russa, no século XIX.

1923

Esboça o romance *Fräulein*, depois *Amar, verbo intransitivo*; redige um posfácio que não divulga.
Escreve "Carnaval carioca", poema.
Publica "Crônicas de Malazarte", série que incorpora dois contos de Belazarte, na revista carioca *América Brasileira*, entre outubro desse ano e julho do seguinte.
Faz parte da revista *Ariel*, especializada em música.
No quarto ciclo de conferências de Vila-Kyrial, traça um *paralelo entre Dante e Beethoven*.

1924

"Viagem da descoberta do Brasil": a mecenas Olívia Guedes Penteado, MA, Oswald de Andrade, Tarsila do Amaral e amigos modernistas de São Paulo, acompanhando o poeta franco-suíço Blaise Cendrars, passam a Semana Santa em Minas Gerais; visitam as cidades históricas e povoaçõezinhas servidas pelo trem. A viagem firma a corrente modernista Pau-Brasil de Oswald e Tarsila, assim como *Clã do jabuti*, poesia de MA marcada pelas formas musicais do povo – romance, toada, moda de viola – e pela superação do regionalismo no nacionalismo modernista.
Apoia a revolução de Isidoro Dias Lopes e admira a Coluna Prestes.
Colaborador da revista *Estética*, do Modernismo carioca.
Apaixona-se platonicamente por Carolina da Silva Telles, inspiradora dos poemas de "Tempo da Maria" e da figura da uiara no *Macunaíma*.
Apresenta *O cubismo* no quinto ciclo de conferências de Vila-Kyrial.

1925

Colabora n'*A Revista*, do Modernismo mineiro.

Publica em junho, na revista *Estética*, a "Carta-aberta a Alberto de Oliveira", importante análise do Parnasianismo.

Edição, paga com os próprios recursos, de *A escrava que não é Isaura*, poética modernista.

É o convidado principal do primeiro balanço da renovação artística, o "Mês Modernista", realizado pelo jornal carioca *A Noite*, entre 14 de dezembro e 12 de janeiro, 1926.

Leituras de etnologia, possivelmente assessoradas pelo historiador Paulo Prado, parceiro dos modernistas paulistanos: Capistrano de Abreu, Barbosa Rodrigues e Koch-Grünberg. Na obra deste, *Vom Roroima zum Orinoco*, encontro com o personagem Makunaima.

1926

Pesquisa para *Macunaíma*, materializada em notas de trabalho; primeiro esboço conhecido do texto, nas margens de sua matriz principal: os mitos e lendas indígenas ligados ao deus Makunaima e a outros personagens, colhidos por Theodor Koch-Grünberg, no volume 2 de *Vom Roroima zum Orinoco*, editado em 1924. Redação de duas primeiras versões completas de *Macunaíma*; a primeira, entre 16 e 23 de dezembro; a segunda, desse dia 23 a 13 de janeiro, 1927, durante férias na Chácara da Sapucaia, do primo e amigo Pio Lourenço Corrêa, em Araraquara. Rascunho do primeiro prefácio, que ficará inédito.

Provável composição de *Viola quebrada*, letra e música.

Vem à luz, com capa de Di Cavalcanti, *Losango cáqui*, poesia, e *Primeiro andar*, contos, impressão paga à Casa Editora Antonio Tisi.

Colabora na *Revista do Brasil* e em *Terra Roxa e Outras Terras*; crítico no suplemento de São Paulo do jornal carioca *A Manhã*.

Leitura da revista alemã *Der Querschnitt* (*O corte transversal*); a marginália revela fontes de MA fotógrafo moderno.

1927

Novas redações de *Macunaíma* e discussão epistolar com amigos escritores.

Primeira viagem do Turista Aprendiz: ao Norte do Brasil, entre maio e agosto,

percorrendo grande parte da Amazônia; MA vai até Iquitos, no Peru, e à fronteira com a Bolívia. Durante viagem, escreve a primeira versão d'*O Turista Aprendiz*, diário que continua a criar até falecer, em 1945 (edições póstumas em 1977 e 2015). Inicia a experiência de fotógrafo moderno, utilizando uma Kodak; coleta elementos para *Macunaíma* e esboça *Balança, trombeta e battleship ou o descobrimento da alma*, novela que fica inacabada (edições em 1993 e 2012).
Colabora na revista *Verde*, de Cataguases, do Modernismo mineiro.
Entra como crítico de arte para o *Diário Nacional*, órgão do Partido Democrático, no qual se inscreve. Entre agosto de 1927 e setembro de 1932, vasta é a produção de MA no matutino paulistano: críticas de arte, literatura e música, crônicas, poemas, contos. O jornal é fechado em 3 de outubro, após a derrota da Revolução Constitucionalista.
Publica *Amar, verbo intransitivo*, idílio, e *Clã do jabuti*; assume os custos dos livros.

1928

Prossegue no trabalho em *Macunaíma*. Redação do segundo prefácio, em 27 de março, mantido inédito.
Dedicado a Paulo Prado, *Macunaíma, o herói sem nenhum caráter* sai do prelo de Eugenio Cupolo em 26 de julho; edição paga, em prestações, pelo autor.
Viagem etnográfica do Turista Aprendiz ao Nordeste do Brasil, entre dezembro de 1928 e fevereiro de 1929, visando ao estudo de manifestações do folclore da região. MA registra melodias ligadas ao boi, cocos, danças dramáticas, romances, cantos de trabalho e música de feitiçaria. Tem o corpo fechado em cerimônia do catimbó. Encontra Chico Antônio, coqueiro que reputa genial; transforma-o em personagem do romance inacabado *Café* e nas lições da "Vida do cantador", na *Folha da Manhã*, em 1944. Como correspondente do *Diário Nacional*, escreve, durante a viagem, a série de crônicas "O Turista Aprendiz" (V. edições póstumas d'*O Turista Aprendiz*, 1977 e 2015).
Publica o *Ensaio sobre a música brasileira*, pela Casa I. Chiaratto.

1929

Cronista no *Diário Nacional*, na coluna semanal Táxi que vai de 9 de abril, 1929, a 21 de janeiro, 1930. Após essa data e até 1932, as crônicas atêm-se a seus títulos.

Regressando da viagem ao Nordeste, diante da profusão do material recolhido nessa pesquisa e na viagem à Amazônia em 1927, planeja obra de fôlego sobre a cultura popular brasileira, *Na pancada do ganzá*. Trabalha com esses documentos até o fim da vida. As partes que a compõem têm edição póstuma com os títulos *Danças dramáticas do Brasil*, *Música de feitiçaria no Brasil*, *Melodias do boi e outras peças*, bem como *Os cocos*, graças ao trabalho de Oneyda Alvarenga.
Inicia o romance *Café*. Inacabado, recebe edição genética por Tatiana Longo Figueiredo em 2015, no protocolo editorial IEB-USP/Editora Nova Fronteira/Agir.
Pesquisa para o *Dicionário musical brasileiro*, não finalizado; a edição póstuma concretiza-se em 1989, no projeto IEB/USP – Ministério da Cultura, coordenado por Oneyda Alvarenga e Flávia Toni.
Edição do *Compêndio de história da música*, com Irmãos Chiarato & Cia.
Rompimento da amizade com Oswald de Andrade.

1930

Paga, à gráfica de Eugenio Cupolo, a impressão de *Remate de males*, poesia que ultrapassa um programa modernista; L. G. Miranda publica *Modinhas imperiais*.
Participa da comissão para reformular a Escola Nacional de Música e o Instituto Nacional de Música, a pedido do Ministério da Educação.
Apoia a Revolução de 1930 em suas crônicas no *Diário Nacional*.

1931

Na carta "A Raimundo Moraes", estampada em 20 de setembro no *Diário Nacional*, MA trata do processo rapsódico na criação de *Macunaíma*.
Escreve os poemas "Rito do irmão pequeno" e "Girassol da madrugada".
Dirige a *Revista Nova*, com Paulo Prado e António de Alcântara Machado.

1932

Apoia a Revolução Constitucionalista; recolhe e publica, no *Diário Nacional*, o "Folclore da Constituição".

1933

Tradução norte-americana de *Amar, verbo intransitivo*, sob o título *Fräulein*, por Margaret Richardson Hollingsworth.

Em 3 de outubro, faz a conferência "Música de feitiçaria no Brasil", na Escola Nacional de Música do Rio de Janeiro.
Escreve no *Diário de S. Paulo* (até 1935).
Completa 40 anos e compõe o poema homônimo, posto no conjunto "Grã cão do outubro", em *Poesias*, 1941.

1934

Cria e dirige a Coleção Cultura Musical, das Edições Cultura Brasileira, em São Paulo.
Publicação de *Belazarte*, contos, impressão paga à Editora Piratininga; e de *Música, doce música*, crítica musical, pela L. G. Miranda.
Colaborador da revista *Publicações Médicas* – até 1941 –, difunde artigos associados a seus livros *Namoros com a medicina* e *Música de feitiçaria no Brasil*, assim como a seus estudos sobre o negro brasileiro – "A superstição da cor preta" e "Linha de cor" (1938, 1939).

1935

O prefeito Fábio Prado institui o Departamento de Cultura e Recreação da Municipalidade de São Paulo, articulado por Paulo Duarte, Sérgio Milliet, MA e Rubens Borba de Moraes. MA, nomeado diretor, almeja democratizar a cultura.
Convidado por seus alunos do Conservatório, pronuncia a "Oração de paraninfo" ou "Cultura musical".
Chega às livrarias *O Aleijadinho* e *Álvares de Azevedo*, ensaios, pela R. A. Editora, do Rio de Janeiro.

1936

Na impossibilidade de acumular cargos, desliga-se do Conservatório.
No Departamento de Cultura, cria a Discoteca Pública, a Biblioteca Circulante e a Infantil; revigora a *Revista do Arquivo Municipal* e expande os parques infantis, herdados da gestão do prefeito Anhaia Melo; realiza concursos de peça sinfônica e para quarteto de cordas, de suíte para banda, de peça dramática, de desenho infantil, mobília proletária e outros; projeta as Casas de Cultura. Funda, com Dina Dreyfus, a Sociedade de Etnografia e Folclore, que ministra Curso de Etnografia. O Departamento apoia a expedição de Lévi-Strauss e Dina Dreyfus aos índios bororos, em Mato Grosso.

Publicação de *A música e a canção populares no Brasil*, ensaio crítico-bibliográfico e *Cultura musical*, como separatas da *Revista do Arquivo Municipal*.
Ao lado de Rodrigo Melo Franco de Andrade, elabora o anteprojeto do Serviço do Patrimônio Histórico e Artístico Nacional (Sphan).
Refunde, para a segunda edição, o texto de *Macunaíma* em um "exemplar de trabalho".

1937

Segunda edição de *Macunaíma* pela Livraria José Olímpio Editora, do Rio de Janeiro; capa de Santa Rosa.
Promove, pelo Departamento de Cultura, de 7 a 17 de julho, o I Congresso da Língua Nacional Cantada, no qual apresenta "Normas para a pronúncia da língua nacional no canto erudito" e outros trabalhos, divulgados nos *Anais* do encontro.
A *Revista do Arquivo Municipal* publica e tira separata do ensaio *O samba rural paulista*.
Cronista no *Suplemento em Rotogravura* de *O Estado de S. Paulo* (até 1941).

1938

É contratado como assistente técnico do Sphan para a região de São Paulo e Mato Grosso.
Colaborador da *Revista Acadêmica* dos estudantes de Direito do Rio de Janeiro.
No Departamento de Cultura, estrutura e envia, ao Norte e ao Nordeste, a Missão de Pesquisas Folclóricas que, de fevereiro a julho, fotografa, filma e grava, reunindo rico acervo. Planeja a comemoração do Centenário da Abolição da Escravatura, mas, em maio, é exonerado da direção do Departamento de Cultura, após crise de fundo político ligada aos desígnios do Estado Novo.
Muda-se para o Rio de Janeiro. Em julho assume a diretoria do Instituto de Artes da Universidade do Distrito Federal, onde ministra o curso de Filosofia e História da Arte. A frustração de ver seu trabalho desrespeitado e a mudança para o Rio lançam MA em forte crise emocional. É cliente de Pedro Nava, médico e escritor.

1939

Colaborador de *O Estado de S. Paulo*; assume, até 1940, a seção "Vida literária" no *Diário de Notícias* do Rio, na qual selecionará artigos para o seu livro *O empalhador de passarinho*.

Consultor técnico do Instituto Nacional do Livro, projeta uma *Enciclopédia Brasileira*. Participa da programação cultural do Ministério Capanema.
Amigo dos jovens escritores Murilo Miranda, Carlos Lacerda e Moacir Werneck de Castro, da *Revista Acadêmica*; visita amiúde o casal de músicos Francisco Mignone e Liddy Chafarelli.
Em Belo Horizonte faz as conferências "Música de feitiçaria no Brasil" e "Sequestro da Dona Ausente".
Escreve *Quatro pessoas*, romance que fica inacabado.
Vem a lume *Namoros com a medicina*, estudos do folclore, pela Livraria do Globo, de Porto Alegre.

1940

Conferência "A expressão musical dos Estados Unidos", a convite do Instituto Brasil-Estados Unidos, na Associação Brasileira de Imprensa, Rio de Janeiro, publicada em seguida.
Recusa convite para viagem a Buenos Aires, feito por *Argentina Libre*.

1941

Em janeiro, regressa a São Paulo, à casa da rua Lopes Chaves.
No Sphan, inicia a pesquisa sobre o pintor barroco Padre Jesuíno do Monte Carmelo.
Desenvolve o restauro do Convento de Embu e da igrejinha de São Miguel Paulista.
Retoma versões interrompidas de contos e inicia outras narrativas, compondo o elenco de *Contos novos*, até 1945.
Colabora na revista *Clima*, em São Paulo.
Publica *A nau catarineta* e *Música do Brasil*, história e folclore. Com o volume *Poesias*, reunindo sua produção desde 1922, liga-se à Livraria Martins Editora.

1942

Conferência "O movimento Modernista", em 30 de abril, no Itamarati, a convite da Casa do Estudante do Brasil, no Rio de Janeiro, que, no mesmo ano, publica essa importante avaliação.
Reassume o cargo de catedrático no Conservatório com a aula "A atualidade de Chopin".

Publicação de *Pequena história da música* com capa de Clóvis Graciano.
Sócio fundador da Sociedade dos Escritores Brasileiros.
Colaborador do *Diário de S. Paulo*, de *O Estado de S. Paulo* e da *Folha da Manhã*.
Recusa convites de viagem: do governo norte-americano, para participar do Congresso Afro-Brasileiro no Haiti; da Fundação Rockefeller, para visitar os Estados Unidos; de Newton Freitas, para ministrar cursos em Buenos Aires.

1943

Organiza o plano das obras completas para a Livraria Martins Editora, de José de Barros Martins; publica *Os filhos da Candinha*, crônicas.
Escreve os poemas de *O carro da miséria* (publicação póstuma).

1944

Nas Obras Completas, pela Livraria Martins Editora, tiragem de *Pequena história da música*, *O empalhador de passarinho*, da terceira edição de *Macunaíma* e da segunda edição de *Amar, verbo intransitivo* (nova versão).
Obriga a Americ Edit, do Rio de Janeiro, a recolher a tiragem de *Belazarte*, por excesso de erros. Contrata nova edição com a Martins sob o título *Os contos de Belazarte*.
Escreve *Lira paulistana*, poesia (publicação póstuma).
Inicia a redação do poema "Meditação sobre o Tietê", que termina às vésperas da morte.
Repudia o Nazismo.
Escreve, para a *Folha da Manhã*, "Mundo musical" e "O banquete", séries em que estabelece vivíssima discussão sobre a criação artística; não conclui a segunda.
Compra o Sítio Santo Antônio, em São Roque, construção bandeirista do século XVII, com o propósito de convertê-lo em retiro para artistas.

1945

Participa do I Congresso Brasileiro de Escritores em São Paulo, de 22 a 26 de janeiro.

Em 25 de fevereiro, na sua casa, MA morre de infarto do miocárdio. Vestido pela Irmandade da Venerável Ordem Terceira do Carmo, é enterrado no Cemitério da Consolação.
Publicação póstuma de *Padre Jesuíno do Monte Carmelo*, pelo Sphan, no Rio de Janeiro.

Telê Ancona Lopez e
Equipe Mário de Andrade do IEB-USP

BIBLIOGRAFIA

1. Obras de Mário de Andrade

A enciclopédia brasileira. Edição crítica de Flávia Camargo Toni. São Paulo: Edusp/Giordano/Edições Loyola, 1993.

A escrava que não é Isaura. Estabelecimento do texto por Aline Nogueira Marques. Rio de Janeiro: Nova Fronteira, 2010.

Amar, verbo intransitivo. Estabelecimento do texto por Marlene Gomes Mendes. Rio de Janeiro: Agir, 2008.

Aspectos da literatura brasileira. São Paulo: Livraria Martins Editora, s.d.; 5. ed. São Paulo: Livraria Martins Editora, 1974.

Aspectos das artes plásticas no Brasil. São Paulo: Livraria Martins Editora, 1965.

Balança, Trombeta e Battleship ou o descobrimento da alma. Edição genética e crítica de Telê Ancona Lopez. São Paulo: Instituto Moreira Salles/IEB, 1994.

Balança, Trombeta e Battleship ou o descobrimento da alma. Ed. fidedigna in:

ANDRADE, Mário de. *São Paulo! Comoção de minha vida...* Seleta organizada por Telê Ancona Lopez e Tatiana Longo Figueiredo. São Paulo: Departamento de Cultura/Editora Unesp/Imprensa Oficial, 2014, p. 117-144. (Projeto De mão em mão).

Café. Estabelecimento do texto, introdução, posfácio e seleção de imagens por Tatiana Longo Figueiredo. Rio de Janeiro: Nova Fronteira, 2015.

Contos novos. Estabelecimento do texto por Aline Nogueira Marques. Ed. coordenada por Telê Ancona Lopez. Rio de Janeiro: Nova Fronteira, 2011.

Crônicas de Malazarte – I a X. *América Brasileira*, Rio de Janeiro, outubro, 1923 – fevereiro, 1924.

Danças dramáticas do Brasil, 3 vs. Edição preparada por Oneyda Alvarenga. São Paulo: Livraria Martins Editora, 1959.

De São Paulo: cinco crônicas, 1920-1921. Organização de Telê Ancona Lopez. São Paulo: Sesc/Senac, 2004.

Dicionário musical brasileiro. Coordenação de Oneyda Alvarenga e Flávia Camargo Toni. Belo Horizonte/Brasília/São Paulo: Itatiaia/Ministério da Cultura/IEB-USP/Edusp, 1989.

Ensaio sobre música brasileira. São Paulo: I. Chiarato & Cia, 1928; 2. ed. São Paulo: Livraria Martins Editora, 1962.

Entrevistas e depoimentos. Organização de Telê Porto Ancona Lopez. São Paulo: T.A. Queiroz, 1983.

Macunaíma, o herói sem nenhum caráter. Edição de texto apurado, acrescida de documentos por Telê Ancona Lopez e Tatiana Longo Figueiredo. Rio de Janeiro: Nova Fronteira, 2008.

Melhores poemas de Mário de Andrade. Seleção de Gilda de Mello e Souza. São Paulo: Global, 1997.

Música de feitiçaria no Brasil. Edição preparada por Oneyda Alvarenga. São Paulo: Livraria Martins Editora, 1963.

Música, doce Música. São Paulo: Livraria Martins Editora, 1976.

Música e jornalismo: *Diário de S. Paulo*. Organização de Paulo Castagna. São Paulo: Hucitec/Edusp, 1993. (Coleção Mariodeandradiando).

Música final: Mário de Andrade e sua coluna jornalística Mundo Musical. Edição preparada por Jorge Coli. Campinas: Editora da Unicamp, 1998.

Namoros com a Medicina. Porto Alegre: Livraria do Globo, 1939; 4. ed. São Paulo/Belo Horizonte: Livraria Martins Editora/Itatiaia, 1980.

No cinema. Organização de Paulo José da Silva Cunha. Rio de Janeiro: Nova Fronteira, 2010.

O banquete. Edição preparada por Jorge Coli e Luiz Dantas. São Paulo: Livraria Duas Cidades, 1977; 2. ed., 1989.

O empalhador de passarinho. São Paulo: Livraria Martins Editora, 1944; 2. ed. Rio de Janeiro: Nova Fronteira, 2013.

O Turista Aprendiz. Edição de texto apurado, anotada e acrescida de documentos por Telê Ancona Lopez e Tatiana Longo Figueiredo. São Paulo/Brasília: IEB-USP/Iphan, 2015.

Obra imatura. Estabelecimento do texto por Aline Nogueira Marques. Ed. coordenada por Telê Ancona Lopez. Rio de Janeiro: Agir, 2009.

Os contos de Belazarte. Estabelecimento do texto por Aline Nogueira Marques. Ed. coordenada por Telê Ancona Lopez. Rio de Janeiro: Agir, 2008.

Os filhos da Candinha. Estabelecimento do texto por João Francisco Franklin Gonçalves. Rio de Janeiro: Agir, 2008.

Padre Jesuíno de Monte Carmelo. Estabelecimento do texto por Maria Sílvia Ianni Barsalini. Ed. coordenada por Telê Ancona Lopez. Rio de Janeiro: Nova Fronteira, 2012.

Pequena história da Música. 3. ed. São Paulo: Livraria Martins Editora, 1944; Belo Horizonte: Itatiaia, 2003.

Poesias completas, 2 vs. Edição de texto apurada, anotada e acrescida de documentos por Tatiana Longo Figueiredo e Telê Ancona Lopez. Rio de Janeiro: Nova Fronteira, 2013.

Será o Benedito!: artigos e crônicas publicados no Suplemento em Rotogravura de *O Estado de S. Paulo*. Edição preparada por Claudio Giordano. São Paulo: Educ/Giordano/Agência Estado, 1992; 2. ed. ilustrada por Odilon Moraes. São Paulo: Cosacnaify, 2014.

Táxi e crônicas no Diário Nacional. Edição preparada por Telê Ancona Lopez. São Paulo: Livraria Duas Cidades/Secretaria da Cultura, Ciência e Tecnologia, 1976.

Vida do cantador. Edição crítica de Raimunda de Brito Batista. Belo Horizonte: Villa Rica, 1993.

Vida literária. Edição preparada por Sonia Sachs. São Paulo: Hucitec/Edusp, 1993. (Coleção Mariodeandradiando).

2. Fortuna crítica e aporte biográfico

BORBA DE MORAIS, Rubens. *Testemunha ocular*: (recordações). Organização e notas de Antonio Agenor Briquet de Lemos. Brasília: Briquet de Lemos/Livros, 2011.

CAMARGO, Eduardo Ribeiro dos Santos. *Os Novaes de São Paulo:* achegas genealógicas. 2. ed. São Paulo: Edição do autor, 1966.

FIGUEIREDO, Tatiana Longo. Belazarte bem mais que modernista. In: ANDRADE, Mário de. *Os contos de Belazarte*. Ed. cit., p. 131-142.

FLORES JR., Wilson José. Modernização pelo avesso: a São Paulo da década de 20 em *Os contos de Belazarte*. In: PENJON, J.; PASTA JR., José Antonio (Org.). *Littérature et modernisation au Brésil*. Paris: Presses Sorbonne Nouvelle, [2004], p. 45-54.

KAZ, Leonel; LOPEZ, Telê Ancona; MONTEIRO, Salvador. *A imagem de Mário:* fotobiografia. 3. ed. rev. Rio de Janeiro: Alumbramento/MEC, 2000.

MARQUES, Aline Nogueira. O longo caminho dos *Contos novos*. In: ANDRADE, Mário de. *Contos novos*. Ed. cit., p. 7-13.

______. Restituindo *Obra imatura*. In: ANDRADE, Mário de. *Obra imatura*. Ed. cit., p. 11-25.

______. Uma história que Belazarte não contou. In: ANDRADE, Mário de. *Os contos de Belazarte*. Ed. cit., p. 9-24.

MELLO E SOUZA, Gilda de. *A palavra afiada*. Organização de Walnice Nogueira Galvão. Rio de Janeiro: Ouro sobre Azul, 2014.

______. *Exercícios de leitura*. 2. ed. São Paulo: Editora 34/Duas Cidades, 2009. (Coleção Espírito Crítico).

MORAES, Marcos Antonio de. *Primeiro andar*, obra em progresso. In: ANDRADE, Mário de. *Obra imatura*. Ed. cit., p. 207-224.

______. *"O orgulho de jamais aconselhar"*: a correspondência de Mário de Andrade com os jovens escritores. São Paulo: Edusp, 2007.

PAULA, Rosangela Asche de. *O expressionismo na biblioteca de Mário de Andrade*: da leitura à criação. 2007. Tese (Doutorado em Literatura Brasileira) – Faculdade de Filosofia, Letras e Ciências Humanas da Universidade de São Paulo, São Paulo, 2007.

PAULILLO, Maria Célia de Almeida. *Mário de Andrade contista*. 1981. Dissertação (Mestrado em Literatura Brasileira) – Faculdade de Filosofia, Letras e Ciências Humanas da Universidade de São Paulo, São Paulo, 1981.

PINCHERLE, Maria Caterina. *La città sincopata*: poesia e identità culturale nella San Paolo degli anni veinti. Roma: Bulzoni, 1999.

______. O "linguajar multifário": os estrangeiros e suas línguas na ficção de Mário de Andrade. *Revista do IEB*, São Paulo, n. 47, p. 117-137, setembro 2008.

PINHEIRO, Valter Cesar. *A França em contos de Mário de Andrade*. Sergipe: UFS, 2014.

RABELLO, Ivone Daré. *A caminho do encontro*. São Paulo: Ateliê, 1999.

______. Novos tempos. In: ANDRADE, Mário de. *Contos novos*. Ed. cit., p. 145-163.

WISNIK, José Miguel. O que se pode saber de um homem. *Piauí*, São Paulo, ed. 109, outubro 2015.

"Um conto incompleto de Mário de Andrade [...] é um complicado sistema de pedaços de papel grampeados, folhas soltas, envelopes cheios de notas – tudo numa ordem exemplar. [...] Daí passava à primeira versão, bem diferente da que viria a ser a última. Muitas vezes, levava anos a fio neste trabalho, com uma insatisfação desesperada e uma implacável minúcia."

Antonio Candido

"[...] a sua morte consagrou-o como a figura mais representativa do Modernismo na sua mais pura essência revolucionária, e uma das maiores figuras das nossas letras de todos os tempos."

Alceu Amoroso Lima

"Para um homem como Mário de Andrade não pode haver a morte 'que acaba tudo'. Porque a sua obra é imperecível, e por dois motivos: pelo seu valor intrínseco e pelo que há nela de interesse social. Mário foi o brasileiro que mais se esforçou na tarefa de 'patrializar' a nossa terra."

Manuel Bandeira

"[...] o caso é que é sempre um prazer ler-se Mário de Andrade, um dos poucos brasileiro vivos com que o espírito pode realmente contar."

Agripino Grieco

"O 'fato' essencial e peculiar na história de Mário de Andrade foi a sua identificação com o Modernismo: tudo se passou como se a sua biografia fosse a história do Modernismo e como se a história do Modernismo fosse a sua biografia."

Wilson Martins

COLEÇÃO MELHORES CONTOS

Aluísio Azevedo – Seleção e prefácio de Ubiratan Machado

António de Alcântara Machado – Seleção e prefácio de Marcos Antonio de Moraes

Artur Azevedo – Seleção e prefácio de Antonio Martins de Araujo

Ary Quintella – Seleção e prefácio de Monica Rector

Aurélio Buarque de Holanda – Seleção e prefácio de Luciano Rosa

Autran Dourado – Seleção e prefácio de João Luiz Lafetá

Bernardo Élis – Seleção e prefácio de Gilberto Mendonça Teles

Breno Accioly – Seleção e prefácio de Ricardo Ramos

Caio Fernando Abreu – Seleção e prefácio de Marcelo Secron Bessa

Domingos Pellegrini – Seleção e prefácio de Miguel Sanches Neto

Eça de Queirós – Seleção e prefácio de José Maurício Gomes de Almeida

Edla van Steen – Seleção e prefácio de Antonio Carlos Secchin

Fausto Wolff – Seleção e prefácio de André Seffrin

Hélio Pólvora – Seleção e prefácio de André Seffrin

Herberto Sales – Seleção e prefácio de Judith Grossmann

Hermilo Borba Filho – Seleção e prefácio de Silvio Roberto de Oliveira

Ignácio de Loyola Brandão – Seleção e prefácio de Deonísio da Silva

J. J. Veiga – Seleção e prefácio de J. Aderaldo Castello

João Alphonsus – Seleção e prefácio de Afonso Henriques Neto

João Antônio – Seleção e prefácio de Antônio Hohlfeldt

João do Rio – Seleção e prefácio de Helena Parente Cunha